10/20卷

影男

江户川乱步青年侦探全集

【影男】

[日] 江户川乱步(えどがわ らんぽ)○著

叶荣鼎○译

時代文藝出版社

图书在版编目（CIP）数据

江户川乱步青年侦探全集. 10，影男 /（日）江户川乱步著；
叶荣鼎译．—长春：时代文艺出版社，2016.6

ISBN 978-7-5387-5220-5

Ⅰ.①江… Ⅱ.①江… ②叶… Ⅲ.①侦探小说－日本－现代 Ⅳ.①I313.45

中国版本图书馆CIP数据核字（2016）第099933号

出 品 人　陈　琛
产品总监　郭力家
责任编辑　刘瑀婷
　　　　　闫松莹
装帧设计　黄　龙
排版制作　隋淑凤

江户川乱步青年侦探全集 10

影男

[日] 江户川乱步 著　叶荣鼎 译

出版发行 / 时代文艺出版社
地址 / 长春市泰来街1825号　时代文艺出版社　邮编 / 130011
总编办 / 0431-86012927　发行部 / 0431-86012957　北京开发部 / 010-63108163
官方微博 / weibo.com / tlapress　天猫旗舰店 / sdwycbsgf.tmall.com
印刷 / 三河市万龙印装有限公司
开本 / 640mm × 910mm　1 / 16　字数 / 135千字　印张 / 12.5
版次 / 2016年6月第1版　印次 / 2016年6月第1次印刷　定价 / 20.00元

图书如有印装错误　请寄回印厂调换

出版说明

江户川乱步本名平井太郎，1894年10月21日生于日本三重县名张市，是日本著名的推理作家、评论家，“本格派” 推理的创始人，被誉为“日本侦探推理小说之父”。

1923年，他在《新青年》杂志上发表本格推理处女作《二钱铜币》（收录于全集11卷中）轰动文坛，奠定了日本侦探小说的基础，同时也引领了日本推理小说的创作风潮。

“本格”是日语词，有“正规、正统”之意。所谓“本格推理”是指推理者从谜案中搜寻蛛丝马迹，经过严密的逻辑推理，解开谜案疑点，拨云见日、找出真凶的过程。所以，在“本格推理”的世界中有两个要素不可或缺：一是难解的谜案（如密室杀人），二是逻辑严密的推理。这也是本格推理最大的魅力所在，因为谜案难解，才好奇；因为推理刺激，才痛快！

我们出版的“青年侦探全集”（全20卷），共包含23篇本格推理故事，情节扑朔迷离，悬念强烈，既充满诡谲的气氛，又有着环环相扣的严密推理。案情往往在看似山穷水尽之时峰回路转，出人意料又合情合理，令人拍案叫绝。其主角明智小五郎是江户川乱步成功塑造出的日本第一位名侦探，在日本家喻户晓，被称作“日本的福尔摩斯”。密室杀人案、死亡倒计时牌、钟楼里的秘密、五重塔的诅咒……不同于传统侦探故事中主角的开挂式超能，乱步笔下的大侦探在与凶手的博弈中，有时也会犯错误，甚至在交锋中败下阵来。但也正因如此，才使得明智小五郎的形象更为真实丰满，让金属般棱角分明的推理故事中多了一丝有血有肉的真情感。

该全集内容由著名日本文学翻译家叶荣鼎先生，历时八年翻译而成，不仅再现了一代推理大师的作品原貌，更注入了翻译家对大师的崇敬之情。相较于市面上现有的其他译本，叶荣鼎先生的译文文本规范、文字精当、情节紧凑、故事性强，适合各年龄段的读者阅读和收藏。

此外，还有专门为本套图书绘制的精美插图，穿插在故事中，凸现案件发展的关键节点。诚邀爱好侦探推理的朋友，跟随大师的妙笔一起畅游本格推理的世界。随着侦探与凶手视角的转换，一窥善恶。读罢小说，回归现实，你既不是机关算尽的凶手，也不是明察秋毫的神探，周遭的一切皆毫发无伤，但是你却收获了阅读应有的快乐。

时代文艺出版社

目 录

コンテンツ

斗 人 | 001
定 音 | 009
影 男 | 013
复 活 | 020
成 交 | 027
枯 井 | 032
公 司 | 036
契 约 | 041
妙 计 | 049
沉 没 | 054
推 销 | 062

水　下 | 068
怪　景 | 072
奇　花 | 079
魔　幻 | 084
解　说 | 089
洽　谈 | 097
蛇　脸 | 102
脑　袋 | 109
解　围 | 113
委　托 | 119
施　毒 | 125
挣　扎 | 131
观　赏 | 136

合　作｜140
谋　杀｜145
解　密｜149
逃　窜｜158
人　树｜167
异　变｜171
突　围｜177
末　日｜185

斗　人

此时此刻，也许已经过了午夜。

东京的代代木广场，被夜幕深深笼罩着。

距离广场不远的地方，有一幢别墅，周围空荡荡的。奇怪的是，这幢别墅的地下室里，聚集了十多个打扮异样的人。

他们头戴黑色蒙面套，身着黑色长袍，除两只眼睛和嘴巴露出三个小圆孔外，全身上下不再有裸露的部分。裹在黑色装束里的人到底是谁，无法辨认。

只有通过她们相互间的窃窃私语声，才能察觉出这群黑色蒙面人都是女人。

地下室面积有四十平方米左右，地上铺着鼠灰色地毯，天花板与墙壁没有装饰，表面还裸露着混凝土。

垂挂在天花板中央的电线一端，连接着一盏由两百支光源组成的照明灯。灯光下，十多个黑色蒙面人围成圆圈坐着。圆圈中央站着一个人，正在精神抖擞地演讲：

“诸位，我们神秘俱乐部这一年里见识了几乎所有稀奇古怪和惊险刺激的事物，愉快地度过了有意义的一年。

“今天晚上，我和大家将经历史无前例的惊险。可以这么说，世界上迄今为止还没有比这更惊险的了，而我们就要感受这样的刺激。今天表演的具体名称叫什么？叫斗人。接下来，我们一起观看。

“大家知道斗牛、斗犬、斗鸡和斗蟋蟀什么的，可斗人比赛，想必大家一定还没见识过。那好，我们就聚集在这里观看。

“我们俱乐部今晚的值班干事不辞辛苦，终于物色到了两个非常理想的小伙子，请他们来这里为我们表演斗人，现在他们已经来了。

“两个年轻人之间的斗人比赛，下的赌注是双方的生命，也就是赌命，用各自生命决定比赛胜负。所谓斗人，顾名思义，就是人与人之间的搏斗。不过，斗人比赛里没有规则。

“除拳击、摔跤、相扑、柔道和空手道等禁止使用外，其他不管使用什么样的手段都不违反规则。打到对方完全失去斗志，倒下后再也站不起来，即表示胜利。

“简而言之，死者是输家，生者是赢家。胜负的表现方法，极其简单。赢家可以获得二十万日元的获胜奖金。另外，大家可以为各自喜欢的斗士下赌注，同时观看勇士们肉搏斗人和了解输赢情况。”

滔滔不绝演说的女子，是这家神秘俱乐部的主任，人称春木夫人。

她说到这里停顿了一下，朝大家猛地扫视了一眼。

“好，我现在就为大家介绍这两位斗士。”

春木夫人举起右手朝站在门口的值班干事打了一下手势。

于是，门无声地开了，黑暗里走出两个年轻人。

从两个人的体形来看都是十分健壮的，在场的黑色蒙面人见了都感到惊讶，禁不住暗自嚷了起来：“天底下竟然有身体如此健壮的青年，简直是奇迹。”

蒙面女人们没有说话，只是默默地欣赏着准备为生命下赌注的年轻人。

少顷，俱乐部主任春木夫人又说话了。

“我暂时不说出这两个勇士的姓名和职业，不过，我刚才说了，他俩不是拳击、摔跤、相扑、柔道和空手道的内行，也不是这些竞技项目的专业运动员。

“就像大家看到的这样，两个年轻人都仅仅是体格健壮。可以确信，他俩在精神上和力量上是不相上下的。

“现在，我把靠近我这边的青年定名为黑方，因为，看上去他的肤色比对方要黑一点儿。那么，有了黑方就应该有白方，好吧，我就把距离我比较远的那位青年定名为白方。瞧，他的肤色像欧洲人，比较白。

“黑方，浓眉毛，大鼻子，厚嘴唇，看上去是一个充满活力的青年。眼睛和嘴角，给人一种难以言喻的魅力，他的脸上始终带着微笑。

“当然，说他是黑方，未必就像非洲人那样黑，他的肤色只是属于浅褐色的那一种。结实的肩膀，隆起的肌肉，宽阔的胸脯，酷似希腊人像雕塑。

“相比之下，白方是高鼻子，殷红的嘴唇、双眼皮，乍一看，有一种女人般的善良。酷似公鹿颀长的手脚线条，给人一种柔中有刚、充满力量和韧劲的感觉。

“各位会员，你究竟把赌注下在哪一方，考虑好了吗？现在，请值班干事记录各位下的赌注金额和支持的一方。还是像过去一样别说出自己名字，只要说出蒙面套上的罗马字就行。”

根据春木夫人的命令，值班干事把登记簿拿在手上在黑色蒙面人之间穿梭登记。

于是，地下室里响起“黑方”或“白方”以及赌注金额的叽叽喳喳说话声。

登记完毕，值班干事将登记簿递给春木夫人。

“我向大家公布刚才登记的结果，给黑方下的赌注金额是三十四万日元，给白方下的赌注金额是二十九万日元。”春木夫人公布完毕。有关斗人的具体规则，两个年轻人事先已被主持人告知。可他俩都面带笑容，各自显示了稳操胜券的把握。

春木夫人朝着两个青年斗士举起手，他俩则朝着春木夫人点点头。

接下来是等待值班干事宣布“斗人开始”的手势。

终于，值班干事下达了“开始”的命令。

两位青年斗士猛地朝左右两侧分开，叉开双腿，握紧拳头，相互怒目圆睁遍视对方。

蒙面女人们一声不吭地望着站在中间的两名斗士，呼吸声变得剧烈起来。只见两青年相互睨视，长时间僵持着……两个青年斗士的肌肉鼓了起来，犹如坚硬的石块。终于，向对方展开攻击的时机成熟了。

刹那间，双方同时以猛虎下山的姿态忽左忽右朝对方猛扑，肉与肉激烈地碰撞起来。

起初是猛烈的碰撞和相互击打，结实的手臂交叉在一起，像活塞一样快速伸缩。

白方的脸颊上出现了伤口，鲜红的血不停地朝外渗出。

黑方眼睛下边的肤色变了，鼓起一个大包。

为避开对方拳头的猛击，两个人自然而然地将距离缩短，贴近对方，从相互间的击打变成抱作一团摔起跤来。

白方瞅准机会抱起黑方的腰部重重地扔向地上，于是，随着扑通一声响，黑方四脚朝天地倒在地上。白方没有给黑方喘息的机会，一个猛扑骑在黑方身上不让他爬起来。

格斗变得越来越紧张激烈，残酷程度远远超过竞技场上的散打比赛。

摔倒，爬起来，扭打在一起，卡住对方的脸，勒紧对方的脖子。两个身体纠缠在一起，轮流变成一上一下的“骑马”姿势。两个人的肌肉，鼓起的同时微微颤抖。

他们全身都是汗水，抓住对方的手都是黏糊糊的。两百支光源的照明灯，照得大汗淋漓的肌肤闪耀着充满活力的光泽。

在斗人比赛一开始，黑色蒙面女子中已经有人因为场面残

酷和打斗的激烈吓得瑟瑟发抖。

随着时间的推移和比赛的发展，黑色蒙面女子们不知不觉地看入了迷，居然忘记了自己胆小的天性，神态变得不再像刚才那样惊恐万分了。

她们也在冒汗，脸上感到发烫，心跳加速，像汹涌的浪涛，一浪高过一浪。

仅裸露出两只眼睛和一个嘴巴的带有三个小圆孔的黑色装束里，究竟裹着什么样的女人？

定　音

原来，这家神秘俱乐部的会员都是大富豪的夫人。

她们中间有的是原公爵的夫人，有的是大公司总经理的夫人，总之都是阔太太。这些既有空闲又有金钱的夫人聚集在一起，在这家神秘俱乐部里品味着普通阶层看不到也品味不到的刺激。

这当口，两个斗士再次分站到左边和右边，相互藐视。紧接着，浅褐色身体和白色身体交替着你扑我闪，沿着地下室的墙追打起来，一个在前面跑，一个在后面追，时而停下相互厮打，时而疯狂奔跑。

片刻，黑色蒙面人中间传出了悲鸣声。为躲开黑方和白方追打时的冲撞，观众席上的人犹如狂风猛刮的麦浪翻滚起来。

她们中间有好些人被青年斗士撞到，有的倒地，有的垫底。顿时，地下室里一片混乱。

两个燕子般灵活的青年斗士相互追打，在争先恐后躲闪的黑色蒙面人群里穿行。

斗士们的呼吸声和怒吼声，女人们兴奋和恐惧的喊叫声交织在一起，伴随着人群中有人爬起来、有人倒下去的情景，地下室变成了鬼哭狼嚎的地狱。

眼下，黑方与白方停止了奔跑，开始相互击打。黑方用勾拳猛击对方的下巴，白方躲闪到背后的墙边。借助墙壁的反弹作用，白方借势抬起脚猛踢正朝他扑来的黑方的肚子。

刹那间，两个人近在咫尺，双方的拳头像机关枪似的猛击对方的脸部和胸部。终于，两个人都被对方打得皮开肉绽，脸上、身上到处是血。

斗人比赛足足进行了一小时二十分钟，两个斗士似乎都站不住了，踉踉跄跄地摇晃着身体。

由于血流入眼眶，眼睛模糊得看不见了，两个斗士嘴巴张得很大很大，肩膀和胸口剧烈地起伏，直喘粗气。

然而，胜负还没有见分晓。

观众席上的蒙面夫人们也已经筋疲力尽，声音也变得嘶哑。由于异常兴奋，个个都像处在癫狂状态的精神病患者。

终于，白方斗士支持不住了，身体大幅度摇晃起来，随即扑通一声倒在地毯上。须臾，黑方斗士的双腿也剧烈摇晃起来，随后蜷缩在地上。

斗人比赛就这样落下了结束的帷幕。

蒙面女人们见状突然不出声了，瞪大眼睛惊讶地望着两个可怜的青年。

地下室，刹那间变得万籁俱静。

就在这时，意料不到的情况发生了。

那个趴在地上的白方斗士摇摇晃晃地站起来，浑身是血。

他站起来后，使出全身力气穿过蒙面女人中间，仿佛妖怪似的跌跌撞撞地朝门口走去，随即，整个身影消失在昏暗的走廊上。

黑方斗士用他那视力模糊的眼睛直愣愣地目送白方背影的消失，接着也垂头丧气地费劲儿站起来。

这时，门外走廊那里嗖地刮来一阵风，一个酷似枪弹的桃色东西闯进地下室。

那是满身是血的白方。

白方使出全身力气朝黑方身上撞去，刹那间，白方与黑方扭成一团撞向背后的墙壁，传来沉闷的响声。于是，倒在地上的黑方与白方不再动弹。

刚才，白方闯入地下室时使出最后的力气用脑袋猛撞黑方的胸膛。就为了这么一个动作，白方先到走廊，拉开一定距离后像跳远似的，通过助跑使出最后的一丁点儿力气撞击黑方。

倒在地上的白方与黑方茫然怒视着对方。这时，不知从哪里传来轻轻的喘息声。

少顷，一直躺在黑方身上的白方爬起身，摇晃着迈起步来。黑方努力了好一阵子，尽管也站起来了，却再也无法动弹，面如土色，渐渐地，全身上下的肌肤都变成了土一般颜色。

地下室静得像墓地一般。

“怎么啦？是不是结束啦？”

片刻，有人问，声音显得十分困倦疲惫。

“咦，黑方怎么一动不动的？”

不知是谁说了这么一句，低沉的嗓音里夹杂着恐慌。

第一个走上前的，是俱乐部主任春木夫人。

她摇摇晃晃地走到墙边，一会儿摸摸黑方的身体，一会儿给他号脉，一会儿又把手放在他嘴上看看是否有气息。少顷，她慌慌张张地转过脸望着大家，接着把脸伸向大家仿佛说什么悄悄话似的嘟哝道：“他死了！”

影　男

尚处在斗人比赛紧张气氛中的女蒙面人们听春木夫人这么一说，个个吓傻了眼，没有一个吱声的。

是过失致死吗？该如何处置呢？

所有在场的人心里都在这样想着。

两名比赛的斗士中最终必有一人会死，这是大家事先都知道的比赛规则。然而一旦成了现实，可不是随便处置就可以过关的，毕竟是一条人命。

不能这样放着！也不能撒手不管，逃之夭夭！更不能向警方报案！一旦报警，等于暴露了这些阔太太秘密结社的真相。它不仅会给视地位和名誉比生命还重要的丈夫们增添麻烦，甚至还会毁了他们似锦的前程。可是……一个年轻人死在这里，倘若这样放着，一旦败露，夫人们都将以故意杀人的罪名受到公诉。

十多个蒙面女人都在这样思考，心跳仿佛早已停止。

主任春木夫人不停地在青年身边转来转去，如同机器人转圈，脑中一片空白。

就在这时，一直站在角落里的E蒙面夫人走出人群，径直走到主任春木夫人身边。

两个人交头接耳轻轻地说了一会儿，只见春木夫人频频点头。

“诸位，现在要紧的是喊医生来诊断。另外，今晚的值班干事留在这里。至于白方青年，请大家齐心协力搀扶他上去。”

春木夫人朝着黑方身边的白方青年说：“你自己能走吗？”

白方青年露出似笑非笑的表情，朝春木夫人点点头。

“大家听好了，给他穿上衣服扶到卧室后，让他在床上躺一会儿。厨房的橱架上应该有什么饮料，别忘了拿给他喝。”

一个蒙面夫人走到跟前握住他的手，帮助他站起来，接着，大家一起簇拥着扶他离开房间。地下室里剩下的，只有俱乐部主任春木夫人、值班干事C夫人和那个刚才与春木夫人说悄悄话的E夫人。

值班干事C夫人叫二宫友子，丈夫是食品公司的总经理。

E夫人叫琴平关子，她弯下腰检查起黑方身上的伤势来，忙个不停。片刻，长叹了一口气说：“他已经死了。瞧！脑袋被打破了，心脏已经完全停止跳动了。”

“哎，你说他已经不行了？你怎么知道的？”

春木夫人问话的态度十分生硬，似乎在训斥她别信口开河。

“我曾经碰到过这种情况。现在，无论找来什么名医，都不可能让这年轻人起死回生。”

“你刚才不是说喊医生吗？还说让大家别待在这里。”

“嗯，我是说过喊医生，等医生走后，我还要告诉大家黑方青年的生命已经抢救过来，请大家放心回家。不这样做，这么多会员里肯定会有人泄露刚才的真情。不用说，白方青年是不会把黑方青年死了的消息捅出去的。你明白我说的意思了吗？要让大家安心回家，还要让大家把这事忘得一干二净。”

春木夫人不可思议地望了一眼E夫人，心想，琴平关子尽管还这么年轻，可遇事如此冷静，处事老到，是一个完全值得信赖的人。她心里这么想着，眼神却直愣愣的，显得茫然不知所措。

“那，你说说看，怎么处置尸体？”

“很简单，把尸体藏起来。我们要彻底忘记今天晚上发生的事情，就当什么都没有发生过，要不然，我们大家都完蛋。”

春木夫人点点头。

“这两个青年，你究竟是从哪里带来的？他们是什么身份？”琴平夫人问道。

C夫人二宫友子也对琴平夫人的处事果断感到佩服。

“这黑方青年，我是在浅草找到的，既不是熟人，也不是朋友介绍的，不用说什么关系也没有。偶然在那里发现他体格特健壮，便主动找他谈了今天晚上的比赛。他说，只要打赢后能得到达成协议的钱就行。”

“他来这里参加斗人比赛的情况，有没有跟家人或朋友说过？”

“按理应该没有时间告诉其他人。同他交涉的时候就我和他两个人，他曾向我发誓绝不对任何人说起来这里比赛的事情。比赛前，我还特地问过他，他对我说没向任何人吐露这事。”

“他叫什么名字？住在哪里？”

“他叫小林昌二，九州人，是孤儿，在东京没有亲戚。他说住在浅草对面的小旅馆里，同住的有几个年轻人。职业，据说是在大型居酒屋里唱歌。”

“另一个年轻人也是相同职业吗？”

“不是的，他俩之间无任何关系。白方青年是广告推销员，那天，他头戴纸糊面具，手持广告牌在街上行走，我的一个朋友喊他到附近咖啡馆说了比赛的事情，他一口应允。他叫井上君，详细情况只要问一下他就可以弄清楚了。”

“能找来这么两个彪形大汉参与斗人比赛，说明你很有眼力，也很有办法。”

琴平夫人冷静的语调，顿时让春木夫人和二宫夫人产生了疑虑。

这个看上去长得挺可爱的琴平夫人，怎么变得如此沉着稳重？她是什么时候变得这么成熟的？就连她说话的声音和语气，也变得与平时不一样了。

她俩突然忐忑不安起来。

“你，你真是琴平夫人？你是叫琴平关子吗？”春木夫人终于忍耐不住了，问道。

“哈哈哈，你总算察觉到了！实话告诉你，我是代替她来的。”

“什么，你是替身？”

春木夫人和二宫夫人都大吃一惊，不由得与E蒙面夫人拉开距离。

“我摘下头上的蒙面套，也请你们摘下蒙面套。现在这种时候，最好别戴着蒙面套说话。”

E蒙面夫人说完从头下一把摘下蒙面套。

这也是一个美丽的女子，长得有点儿像琴平夫人。

“你到底是谁？”春木夫人的声音里充满恐惧。

“你问我？是啊，我是谁呢？你就叫我影男吧！”

“什么？你是个男的？”

两位夫人惊恐万分，声嘶力竭地问道。

“哈哈哈……对，我是男的！我蒙骗了琴平夫人，化装成她参加了你们这有趣的游戏。不过，请你们不必担心，我是你们的朋友。为了大家，我不会对任何人说。哎呀，你们真是太幸福了！因为碰上我在这里。如果我不代替琴平夫人参加，也许你们会对今晚发生的事情一筹莫展，走投无路。现在请放心吧，相信我一定能帮助你们……”

琴平夫人的替身，这个自称影男的怪人，不动声色地说完，扬长而去。

这影男到底是什么人？

据说，这影男有不计其数的名字。例如，速水庄吉、绵贯清二、鲇泽贤一郎、殿村启介、宫野绿郎等。

其中有一个叫佐川春泥的名字，是影男用来写作的笔名。他创作过一部充满妖雾的犯罪小说，用的笔名就是佐川春泥。该作品风格非常奇怪，魅力独特，在读者中广为流传，仅两三年时间，他便一跃成为最有人气的流行作家之一。

然而令人费解的是，这个叫佐川春泥的作家没有与责任编辑和读者见过面，据说是不愿意让他们见到自己的真实面目。

与杂志社之间的交涉都是通过信件，而来自杂志社的委托书和稿费汇款单，每次都是寄至不同的邮局。

杂志社为了了解这个作者的真实身份，特地派记者在邮局等候。可他不是一个会轻易钻入别人圈套的人，代替他出面上邮局取稿费的不是司机便是服务生，他自己从不直接去邮局。去邮局取款的司机或服务生，在取款后也不会直接将稿费送到他手里。因而，跟踪记者不得不在途中作罢。

他的运动神经非常发达，骑马、驾车以及驾驶飞机等都在行。不仅如此，他还在马戏团里干过，掌握了空中杂技等表演本领。

他还有一个最大特点，即思维方式与众不同，常常有出人意料的想法。也许他生下来就是这种性格，或者受一些读物的影响，对于别人的家庭生活和别人的隐私生活具有莫大的兴趣。为此，他使尽所有手段，花大本钱挖掘别人的秘密。

渐渐地，他觉得这样的兴趣能为自己创造意想不到的巨大财富。一旦了解到阔佬的隐私、艳史和丑闻，便以此与其交易从对方手里获得相当数量的钱财。不管做什么生意，都比不过这样的交易，尤其在获利方面来得快。

显然，他这样的行为是犯罪。可对方因为自己有短处，不希望公开化。这对影男来说，反倒是一种极其安全和保险的犯罪。

对他来说，做这样的买卖仅需要“隐蔽场所”和“隐姓埋名”就可以了。不让对方察觉自己的住所和自己的真姓实名，把自己隐蔽起来。

为了做到这一点，他煞费苦心，想尽一切办法。他模仿了动物的保护色制作了各种颜色和款式的服装，还发挥自己擅长杂技的特点，将自己巧妙地隐蔽起来。佐川春泥创作的奇怪犯罪小说，也只不过是对他人的隐私加以研究后诞生的副产品。

影男的真姓是速水，身材颀长，长得一表人才，今年三十三岁。

据说他是个美男子，加之擅长化装，通常以化装后的模样出现在公开场合。其实，他长得到底有多英俊，谁都说不上来，因为谁都没有见过他的真实长相。与不使用真实名字的理由相同，他根据时间或场合的需要，有时化装成七十多岁的老人，有时化装成二十岁左右的年轻女子。

不用说，他没有固定住所。根据不同姓名，在许多地方有住房，尽管拥有许多住所，但他多半还是住在帝国宾馆里，有时出现在山脚街，有时坐在上野公园里的凳子上。

复　活

在这里，速水化名鲇泽贤一郎。这个影男在帝国宾馆里包了一个豪华套间，正在用早餐。

鲇泽贤一郎此刻的身份是贸易商社的年轻总经理，据他说是昨晚从大阪到达帝国宾馆的。

“我带来一个有趣的话题，它值十万日元。”

这时，一个身着漂亮服装的女子来访，女子看上去二十二三岁。

她手指夹着香烟，一边吐着烟圈，一边故弄玄虚地笑着说。

“说详细一点儿！”

影男鲇泽贤一郎望着女子脸上可爱的酒窝，也面带微笑地说道。

“有关上流社会夫人们的秘密小团体！怎么样？一定合你

的趣味吧？她们中间有首领，我用这名称来称呼召集人，她是这秘密妇人俱乐部的主任，是原侯爵夫人，非常阔绰。会员好像有十五六个，个个都长得漂亮，丈夫都是富豪！

“一开始，她们的共同兴趣好像是赛马。在玩麻将和扑克牌的过程中，渐渐地形成了一个秘密组织。如今这个秘密组织里已经有主任、值班干事和总务干事等，是一个名副其实的秘密团体。

“她们身着黑色长袍，头戴黑色蒙面套，还特地租借了秘密活动场所聚会。在那里，她们干了许多见不得人的坏事。”

“举一个具体例子。”鲇泽贤一郎探出脸说道。

“我知道得不是十分清楚，可她们胆大妄为，聚会内容很新颖且令人震惊。”

“那么，你是该秘密组织的会员吧？”

“谢谢，谢谢，我哪有那种资格。没有地位和财产是不能加入该秘密组织的……怎么样？我刚才说的十万日元的交易，是提供聚会的时间和场所！你愿意出这笔钱吗？”

鲇泽贤一郎一声不吭地从袋里取出一张支票，填上十万日元的金额后交给来者。

“可以成交了吧？请告诉我聚会的场所和时间。”

“在代代木广场附近的一幢别墅里。凡是该组织的成员都必须身着黑长袍，长袍的外套必须是长大衣。在门前脱去长大衣，戴上黑色蒙面套！并且，必须向看门的人打这样的暗号手势，才能被允许进入聚会场所。暗号手势是这样的。”

女子比画了一个奇怪的手势，很像念经时的模样。

“怎么样？学会了吗？为了摸到这一情况我反复了解了多次。请记住，聚会时间是明天晚上十点。”

“哎，告诉你这一情况的，是该组织里的某个成员吧？”

“没人告诉我，我是按照你吩咐打听来的。”

“快告诉我，那人叫什么？”

“叫琴平关子，长得年轻貌美，年龄还不到三十岁。”

“她个头高吗？”

“个头比我高出五厘米，不过，比起鲇泽君你要矮许多。”

“模仿那样的个头不是一件难事，时而个头变得高一点儿，时而个头变得矮一点儿，这也是隐身术的一种。你已经明白我说的意思了吧？在我化装成琴平关子参加聚会的那段时间里，你的任务是陪伴真正的琴平关子。你倘若做不到这点，那十万日元的价格太高了！还有，我想在参加聚会前见一下琴平夫人！时间定在晚上六点，地点就定在这家宾馆的小西餐厅。记住了吗？别忘了哟！”

鲇泽贤一郎就这样花上十万日元得到了极其重要的情报，立即着手准备工作。

化装成琴平关子的影男——鲇泽贤一郎，没想到他的这次出现却助了失魂落魄的蒙面夫人们一臂之力。

“那好，你大概已经知道我俩的真实姓名了吧？二宫夫人，眼下已经没有必要戴蒙面套了，就取下它吧！”

春木夫人这么一说，二宫夫人也把手放到脑袋上。与此同时，两位夫人一起摘下了只露出三个小圆孔的蒙面套。

春木夫人的脸上堆满了肉，胖乎乎的。她的照片经常出现在杂志等新闻媒体上，非常眼熟。年龄已经超过五十岁，表情十分威严。不管从哪个角度看，都有一种女首领的气质。

二宫夫人看上去三十五六岁，就凭她能把那两个青年斗士带到这里，足以证明她是一个很有手腕的女人。

“想问一下，你能帮助我们到什么程度？”

春木夫人此刻已恢复到往常的态度，语气显得很冷静。

“首先，必须伪造你们没有时间来这里的证据。因为，今天晚上的聚会即便没有一个人知道，可是家人清楚你们不在家，所以，必须对这件事严格保密。”

“什么？这好像不太可能吧？”

两位夫人瞪大好奇的眼睛。此时此刻，她们已经被这个男扮女装的男子深深吸引住了，惊奇地脱口问道。为这么多会员伪造不在现场的证据，看上去是很难办到的。

“不，是可能的。”影男斩钉截铁。

两位夫人似乎明白了，镇定自若的男子一定具备了什么特异功能。

“做法很简单。听好了吗？例如，对于这个叫小林昌二的年轻人，只要我们制造出他明天还活着并且是明天失踪的假象，那一切矛盾的现象就可迎刃而解了。

“明天一天，你们不要再搞什么秘密聚会，和家人或者朋友在一起。当有人问起你们时，可以清楚告知他你们什么时候在什么地方。

“只要做到这一点，你们不在案发现场的证据就形成了。

说得简单一点儿，我把这起事件发生的时间从今天晚上推迟到了明天。”

听上去似乎擅长魔法的影男，深入浅出地解释完毕。

“你说把事件发生的时间移到明天，这能顺利过关吗？”

“如果你们委托我，就能顺利过关。现在，我让你们看一下我的特异功能！上面房间应该有电话吧？我是指大家现在聚集在一起的那个房间。我马上到那个房间去打电话喊医生，是当大家的面喊那个我熟悉的医生。

“当然，他不是真正的医生，而是我的一个忠实部下。我喊他上这里来，是因为他是我施展特异功能的关键人物。

“我不需要你们带路。不管进入什么样的建筑物，我就像在自己住所里一样，绝不会走错房间。”

影男说完重新戴上蒙面套，刹那间消失在走廊上。

二十分钟后，一个自称医生的男子提着大包来了。

该男子嘴上的胡子朝两边翘，鼻梁上架着一副眼镜，身着朴素的西装，总之，打扮酷似医生模样。

影男立刻把自称医生的男子带到地下室，与两位夫人见面。

“我有许多部下，他只是其中一个。瞧，他这副长相和身材，与死去的小林昌二挺相似的。”

被影男这么一说，两个夫人不由得端详起自称为医生的男子的脸和身材，又比较了一下躺在地上的小林昌二，咦，还真像一对孪生兄弟呢！

“现在，要请那些还在上面等候消息的夫人们回家，并告诉她们医生的诊断结果，就说小林昌二的生命保住了，请她们放心回家。

“不用说，这是假话。如果让会员们和那个白方青年知道小林昌二已经死了，消息就有可能不胫而走，我考虑再三不得不编造谎言打发她们回家。等她们走了以后，我们留在这里着手第一阶段的工作。

“其实没有什么可害怕的。届时你们也一定会佩服地说，噢！原来是这么回事。

“春木夫人，你到上面去对大家说小林昌二已经脱险了，请大家放心回去。还有，请会员们明天除去公开场合外不要外出，在家里休息。但千万别说是为了制造不在现场的证据。

“另外，请说明不希望大家外出的原因，是为了及时向大家通报小林昌二的情况。好，你快去说吧！”

“说什么？我还没有充分理解你说的意思呢！可事到如今也只能按你说的去做了。好吧，我去说。今天晚上斗人比赛的获胜者是井上青年，我们必须按照事先的约定发给他奖金。另外，大家下赌注的钱也应该……”

“是的，快去吧！”

春木夫人独自一人上楼去了。

等到春木夫人回来后，影男果断地开始了下一阶段工作。

“好，现在进入第二阶段的工作。我和扮作医生的部下去上面的化妆室，需要把门关紧待一会儿。小林昌二来时穿的衣服呢？二宫夫人，你赶紧把他的衣服送到我们那个化妆室去。帽子和鞋子都别忘了哟！拜托你了！现在，我们赶在你前面把小林昌二的尸体抬上去。”

影男和部下把小林昌二的尸体搬到上面的某个房间里，随后走进化妆室关紧房门。

两位夫人一走进空荡荡的会客室，就坐到椅子上，诚惶诚恐地望着对方。

大约十五分钟过去了，门忽然开了，走进一个男子，出现在她俩面前。

两位夫人一看见来者的脸，不由得面色苍白，坐在椅子上一个劲儿地颤抖。

站在她俩面前的，是已经死了的小林昌二，褐色的脸上堆满了笑容，笑嘻嘻地站在那儿。

成　交

“哈哈哈……让你们受惊了吧？别害怕！他不是小林昌二的幽灵，是我的部下，就是刚才的那个医生。”

青年背后出现了影男的脸，朝大家窥视片刻后笑着说。

春木夫人也好，二宫夫人也好，刚才的惊愕使得她俩一时还回不过神来，木然地呆望着这个青年。

“什么，你说他是那个医生化装的？本来，我就觉得很像，而现在简直是一模一样，真是不可思议！就连笑容都很像。”二宫夫人说完，喉咙里发出感叹声。

“做到声音像是很难的，因为他没有听到过小林说话的声音。可像这样的场合，只能采用谁都不像的声音，既不是东京标准语，也不是农村土话。总之，是采用哪边都不像、哪边都有点儿像的声音说话。这是隐身术的秘传。喂，你说些什么给两位夫人听听。”

酷似小林昌二的家伙，径直走到二宫夫人身边笑着说：“夫人，在浅草初次见到您的时候，我唱了什么歌？”

二宫夫人听对方这么一说拍了一下手掌，愉快地笑了。

“啊，太像了！你根本就没有听过那样的声音，却怎么模仿得这么像？太聪明了！”

影男得意地点点头，道出了接下来的计划。

“现在，这年轻人的化装被你俩认同算是合格了。接下来，就请他发挥了。首先，请他以小林的身份回到小林生前住的那家小旅馆。现在这时候，他那些伙伴也许还没有回到那里呢！

“在回到旅馆后要主动跟旅馆经理打招呼，届时让经理证明小林回到了旅馆。这是很重要，并且是不可缺少的证据。

“然后，找自己的房间开门进去。像这种寻找房间之类的事，他这人非常拿手，绝对不会失败。

“如果他那些伙伴已经回到房间，他便装作喝酒喝得酩酊大醉的模样，一句话也不说就钻入被窝睡觉。

“接着，夜深了，伙伴也好，旅馆的经理和服务员也都睡了。这时候他悄悄起床，寻找小林昌二随身携带的物品。

“并且，尽最大可能找到小林昌二写的字条或信什么的，模仿他的笔迹写一张留言条放在那里。

“具体的内容是：‘我遇到一位朋友，他给我介绍了一份很适合我的工作，特留此条与你们告别。’等到拂晓溜出旅馆，以后再也不去那里。

“这么一来，小林昌二明天早晨确实活着的证据就有了，你们没有看见他死的第二现场也成立了。现在，你俩明白了吗？”

春木夫人大幅度地点头同意，可脸上还是挂着担心的表情，她问：“瞧你这个部下的化装，肯定能获得成功。可我还是有不放心的地方，那就是小林的尸体如何处置？欲让人的尸体完全消失，那是根本不可能的。一旦尸体被警方发觉，什么都完了。”

“你原来是为那事担心？嗨，那太简单了。”影男若无其事地笑着说。

影男这番轻松的口气，使得两位夫人再次呆若木鸡地望着他。

“什么，藏匿尸体非常简单？”

“是的，方法极其简单，绝对不会被警方发现。但是，在向你们介绍这一手法之前，必须先让我的部下快回到旅馆去。好了，你立刻出发！不允许有任何闪失！记住了吗？与我联系的方式还是照旧，出发吧！”

化装成小林昌二的男子行礼后走了。

影男送走他回来后不知给谁打了一个电话，随后重新坐到两位夫人前面的椅子上。

“我打了一个电话，通知另一个部下来这里，让他把尸体从这里运走。不过，有一件事情要与你俩商量一下……”

春木夫人没等对方说完立即说出了对方接着要说的话。

“是钱吧？”

“你还真有眼力！就是你说的那事情。其实，我是专门做这种生意的。例如名人的隐私、艳史和丑闻，掌握这些情况后与其本人交易获得报酬。用我的智慧和技术换取报酬是我的职业。因此，那些刺客和盗贼都是我的客户。”

两位夫人听到这里不由得面面相觑，全身瑟瑟发抖起来。

“那，你说吧，要多少钱？”春木夫人虚张声势，大模大样地问道。

“是啊，你们如果是有钱人又是男士，也许我会开价一千万日元或者两千万日元。可你们是女士，尽管你们的丈夫很有钱，可毕竟不是你们本人所拥有。因此，我不想说那些超出你们支付能力范围的话。这样吧，三百万日元。我想这么小一笔数目，你们即便不对丈夫说也能轻易办到。如果你们不答应，那我只能把尸体放在这里撒手不管了。你们看如何？”

两位夫人相互用眼神交换了一下意见，做出了同意的决定。这是为了拯救十多个秘密成员出火海的大事，不能再犹豫了。

只要支付三百万日元就能把这件事情了结，确实很便宜。并且就像影男说的那样，只要给上这些钱，他手头就可以宽绰一点儿，解决起来方便得多。春木夫人表示赞同。

影男笑嘻嘻地点点头说道：

“我让尸体消失的方法，不管谁都会，十分简单，但我不想说得很详细。不管怎么说，你们都是女人。例如，即使明白泄露秘密会给自己带来灭顶之灾，可往往在感情上难以克制而暴露秘密。这种结果很难保证不会出现。

“如果出现这种结果，不但你们危险，就连我也会遭殃。因此，尽管你们可能感到遗憾，但我不可能将尸体消失的方法详细地告诉你们。

“只能说说简单的情况。在某个地方使用某种方法十分简单而又迅速地隐匿尸体，其结果，小林昌二的尸体将永远消失，绝对不可能被警方发现。

“再过一会儿，我的一个手下会驾车来这里，他会带来麻袋。我将小林昌二的尸体装入麻袋搬上车带到某个地方。到了明天，尸体将完完全全从这个地球上消失。

“我刚才说定的报酬，请过一个月后给我。有关交钱方式，届时我会告诉你们的。对于我也好，对于你们也好，绝对不会有任何危险。在这一个月里，希望你们准备好三百万日元，明白了吗？”

两位夫人觉得对方要钱的时间放得很宽，一颗悬着的心终于放了下来。但脸上表情依旧木然，就像喝了迷魂汤似的。

片刻后，影男手下的车停在别墅门口。影男将小林昌二的尸体装入麻袋搬到车上，接着坐上车消失在黑暗里，也不知驶向哪里。

枯　井

影男在好多地方拥有土地，但绝大部分土地都由于战火到处留有焚烧过的痕迹。

影男时常在这些土地转来转去，与附近的邻居十分熟悉。这些土地中间，有多处枯井。影男说留着这些枯井太危险，打算填掉。于是，用卡车运来泥土堆在枯井边上。

那天晚上，装有小林昌二尸体的车驶到这些土地中的其中一个叫尾久的空地，这里距离代代木非常遥远。

尾久空地那里非常冷清，即便大白天也没有人经过，周围没有住家，根本用不着担心被人看见。

影男与部下抬着装有尸体的麻袋走到空地中央的枯井边上，随即将麻袋扔了进去。接着，用事先准备好的铁锹将井边的泥土填进枯井。

等到麻袋被土完全盖住后，影男脸上露出了扬扬得意的笑容，坐上车离开了。

第二天早晨，影男以地产拥有人绵贯清二的名义出现在尾久空地上，身着和服，与昨天的装束判若两人。瞧那模样，好像是当地商店的店主。

他先是在空地上转来转去，接着窥视枯井，等到核实清楚尸体掩埋万无一失后，迈开脚步拜访当地的土地管理所所长。影男曾经在购买这片土地时，受到过所长的照顾而与所长成了熟人。

“所长，你好呀！我是为土地而来的。最近因手头资金周转不过来，打算将这片土地出售掉。不过，在让买主看这片土地之前，想把它平整一下，能否请你找一些人帮个忙？”

影男试探性地询问所长。

“嗨，你来得正是时候，我这儿正好有两个人闲着没事干，这样吧，我立即吩咐他们。是平整土地吧？那么中间的枯井要不要填平呢？”

“是啊，我早就想填平枯井了，运来了许多泥土。可由于抽不出时间，泥土就一直那样堆着。就请吩咐他们把枯井给填掉，反正是没有水的枯井，那样放着很危险。”

“我明白了。现在我俩一起到现场去估计一下平整土地的费用，随后马上请土方公司把土运来。”

自称绵贯清二的影男带着所长来到那片空地，商量怎样平整土地。

少顷，一个带着铁锹的男青年走来了，开始平整土地。

“所长，你刚才说把枯井填掉……是那口枯井吧？旁边堆有许多土，填平它很简单。虽说这一带没有儿童来这里玩耍，可这犹如陷阱般的枯井不填平确实十分危险。”

“是的，我也十分担心。枯井周围的井座已经倒塌，万一有人掉下去，我可得承担赔偿责任。”

“这要不了多少工夫就能把它填平，我现在就开始干。”

年轻男子说着热火朝天地干了起来，一边说话一边用铁锹把周围的土铲到枯井里。

影男趁这间隙在这片空地上走来走去，又到附近一家烟店买烟。总之，枯井没填平之前他是不会离开现场的。

过了一会儿，所长带着另外两三个年轻人来了。枯井已经完全填平，刚才那个填土的年轻人开始夯实那里的土。

影男觉得自己没有必要继续待在这里，尤其是夯土属填土的最后阶段。

“所长，这里就拜托你了，谢谢你！平整结束后我会来检查的。”

说完，他急匆匆地离开那里。

枯井深度有四米多，即便有某个买主买下这片土地，只要不建造带有地下室的大楼，那枯井里的尸体就不可能重见天日。也就是说，根本不必担心尸体被挖出。

然而，自称绵贯清二的影男根本不打算出让这片土地，因为，只有这样做才是最安全的。

影男的恶胆，来自于他对任何事物的逆向思维。在考虑藏匿尸体的时候，他认为用泥土掩埋是最愚蠢的方法。

为了埋藏尸体，不得不特地把土挖出来。例如先挖洞、后填埋，无论手法怎样高明，想得怎么周到，伪装得怎么巧妙，但一看见土的颜色和松软的土质便可明白那是挖过的痕迹。

另外，挖洞和填埋需要很长时间。在这一过程中要避开人的耳目，更是一件极其不易办到的事情。

影男经过逆向思维后，随即得出这样的结论，在不需要挖土的地方填埋，完全可以公开进行。

于是，绞尽脑汁想出了这种最为理想的地方。他想出的最妙的场所，那就是没有水的枯井。

脑子里有了这一想法，于是就着手到处寻找这种比较特殊的土地。四处寻找后，终于买到了他理想中的有枯井且非常冷清的空地。现在，这一想法为那个秘密俱乐部的阔太太们起了作用。

既不需要花费大量的人力，也不需要什么费用，便轻松得到三百万日元巨款。

影男如此的邪智和恶胆，简直让人毛骨悚然。

公　　司

在此期间，扮作佐川春泥的影男依然在不停地创作奇怪的犯罪小说，并且，那些来自杂志社的信和稿费，也还是让手下人去指定的邮局取。

可最近一段时间里，影男发现了一个奇怪现象：在手下送来的邮件中间，每次都有一封奇怪的信，也不写寄信人姓名。

每次信件的内容都相同，执意要求影男回复，否则就不停地寄信给他。

佐川春泥先生：

你好！

我是你的小说的忠实读者，与一般的崇拜者不同，如果你见到我，一定会对我感兴趣。回这封信的地址，你可以从‘黑猫杂志编辑部’那里打听到。

我希望和你单独见面，就一次即可。见到我后，对你一定有益。当然，对我也有益。

其实，我遇上了一件怪事，希望从你那里得到智慧上的帮助。作为感谢，我告诉你一件非常奇怪的事情。当然，如果你把这一情节写进小说也无妨。当你听到那么奇奇怪怪的事情后，一定会大吃一惊。

如果你同意的话，请在取这封信的邮局留下通话的具体日期、时间和你的电话号码。关于见面地点，允许我在电话里与你商量。

须原正　敬上

在短短的半个月里，像这样的信已经收到了十封。

扮作佐川春泥的影男被写信人如此的执着惊呆了，与此同时也产生了强烈的好奇心。影男自步入文坛以来，曾收到过许多读者来信。可像这样痴迷的读者来信，还是头一回碰上。

“就见他一面吧！看看他到底是什么样的人。”

影男突然饶有兴趣起来，思考后决定按照对方说的，将自己的电话号码以及通话的具体日期留在邮局。果然，对方按照影男约定的日期和时间准时打来了电话。

影男以速水的名义租借了曲町的公寓。

“我是佐川春泥，可以与你见面，想与你商定地点。”

“在银座背后一条路上，有一家叫鲁高库的小酒吧，光线不很亮，但环境十分优雅。这家小酒吧的地下室非常隐蔽，我们就在那里见面。时间定在今晚九点酒吧最热闹的时刻，因为越是热闹对我们来说越是安全。”

“好的。晚上九点我会准时到达那里。”

扮作佐川春泥的影男晚上九点，准时进入那家酒吧光线最暗的地下室里。

“请问有个叫须原正的客人已经来了吗？”

他向柜台里酷似经理的男子打听，男子便指着最里边最暗的场所。虽没有门，但有半人高的隔墙。如果有客人站在柜台前面朝里看，模模糊糊根本看不清楚。

包房里有一张长茶几，两侧各放有一张长沙发。长沙发的角落里，坐着一个身着黑色服装身材瘦小的男子。

“是须原正先生吗？”

“是的，你是佐川春泥先生吧？”

扮作佐川春泥的影男面朝须原正坐到长沙发上。

“在这里说话声音大一点儿，不会被人听见吧？”

“不用担心。我是经过一番实地考察后才把地点定在这里的。”

“那么，我们就开始吧！”

须原正端起服务生送来的杯子，里面盛有威士忌苏打水，呷了一口后开始说了起来。

“佐川君，我从你写的小说里琢磨出你不是一般小说家。另外，我们花了一定时间调查了你的情况。关于打探隐私，我俩是彼此彼此。我的秘密，可以毫不保留地说给你听。”

须原正似乎是一个思路敏捷的男子，滔滔不绝地说着。

他年龄有三十五六岁，个头矮小，瘦长的脸上肤色苍白，看上去很单薄。然而就是这样的男子，往往会出人意料，胆大果敢。

“我们？你要说什么？”

不用说，扮作佐川春泥的影男保持着高度警惕。

“我们有三个人，按照公司模式经营，其中一个是女的。他俩都是别人介绍给我的……”

“他们今天也来了吗？”

“没有。今天来这里的就我一个。这里的经理我不熟悉，你不必担心。”

“那，你叫我来有何贵干？”

“我们多少掌握了一点儿你的秘密，但今天我也打算向你公开一下我们的秘密。可我和你事先应该约定，我们相互为对方的秘密守口如瓶。”

“明白了。”

“其实，我有事要请你帮忙。但在请求你之前，必须向你解释我们几家公司的性质。这仅仅是我们三个人的绝对秘密，一旦向你公开，就意味着这秘密在世界上有第四个人知道。不过，我们四个人中间，倘若有谁说出秘密，那么，这个人就会即刻从这个地球上消失，明白了吗？”

门口放有背景音乐，使得扮作佐川春泥的影男难以听清楚须原正低嗓音的说话内容。

“听你这么说，好像是秘密结社？”

“可以这么理解，但我们不叫结社而是叫公司，纯粹是为了营利的公司。当然，我们的公司没有去工商行政管理部门登记注册，只是我们自己决定设立的。

“要说出公司名称，你立刻就能知道秘密的全部内容，因为那是秘密的核心。这不光是内部名称而已，我还得说给你听，否则我和你无法深谈。

“你是一个专门暴露犯罪过程的小说作家，一听到我们公司的名称，多半是不会吃惊的。好，请放心地听我说！”

须原正说到这里朝前探出上身，把嘴凑到扮作佐川春泥的影男耳朵边上慢慢地说道：“杀人承包公司！”

契　约

须原正张大嘴巴，仿佛要一口吞下影男似的。在他那张苍白的脸上，红色的嘴唇十分醒目。但他那张苍白的脸根本不像是病色，而是一种天生的刺客相。

“这太有趣了！那，营业方式呢？”

扮作佐川春泥的影男听了后没有半点儿惊讶，反而笑嘻嘻地问对方。

“你不愧是小说家！佐川君，瞧你脸上没有半点儿慌张的神色。你问我营业方式是吧？嘻嘻嘻……我们这种公司，是不能做广告宣传的。可不声不响又怎么会有客户上门呢？因此，我们三个主要合伙人的工作就是寻找客户。也可以说，这跟侦探的工作几乎相同。可我们不是寻找杀手，而是寻找那些需要杀手的有钱人，商定价格后便受理杀人委托。”

“原来是这样的经营方式！这样的生意太有趣了！可你们那样做能有生意吗？这是玩命的买卖，如果没有相当的利润……”

两个怪人的交谈十分投机，犹如两个实业家在商谈一笔大生意，一副郑重其事的模样。他们继续交谈的内容足以让人魂飞魄散。

“别看有些人社会地位很高，但出人意料的是，他们心里往往藏有杀机。理由嘛，各有不同。但有一点是相同的，从某种意义上来说，越是有钱有地位的人，越是没有自由。

“一旦有人妨碍他们的美好前程和名誉地位，他们一定会想，只要不危及自己，干脆用夺人之命的方法除掉眼中钉。

“当然，这样的思考方法多半是人的本能。只是人可以用道德那样的理性，不让这样的本能变成罪恶行动。

“许多人即便有杀意，可由于害怕杀人后要受到法律的严惩，不得不迫使自己忍耐。一般来说，他们都至少有一两个死对头，就他们的本意来说，希望这些死对头和有可能危及自己的对象尽快从世界上消失。

“大凡有这种想法的阔佬，一旦明白杀了人还能保证自己绝对安全，便不管成交额多么巨大，都会毫不吝啬，慷慨解囊。这样一来，我们公司的生意也就火爆起来。”

俩人越说越来劲儿，不知不觉地，脑袋几乎凑到一块儿了。从交头接耳到公开谈论，兴奋的语调仿佛在议论小说的情节。

没想到，影男居然被这个须原正的侃侃而谈吓得惊讶到了极点。

“你们那家公司是什么时候开张的？迄今为止成交了几笔生意？”

扮作佐川春泥的影男一口喝完杯里剩下的威士忌苏打水，仍装作若无其事的表情问道。

“喂，再来一杯！”

须原正没有立刻回答影男的提问，而是拉大嗓门招呼服务生。影男见状不由得吃了一惊，这个须原正胆大狂妄，根本不在乎别人听见他说什么。

不过，当说到重要部分时，他立刻一边注意周围一边尽量压低嗓门。不用说，须原正是一个胆大心细的男子。

“我们公司从开张到现在还不到一年。成交这样的生意，必须具备相当的条件。就这一点来说，我们三个人都非常明白，生死与共。

“我们三个人都是知识分子，具有超常的聪明才智。我曾经是学者，男合伙人曾经是评论家，女合伙人曾经是医生。

“从营业开始到现在，这一年间里，我们做了好几笔生意，把三十个人从这个世界上赶了出去，其中二十五个人是被我们一并杀害的。为了杀其中一个，不得不剥夺了其他二十四个无辜者的生命。

“就杀人合同来说，只不过签订了六个。虽说是六个合同，但公司的收入一跃登上了数千万日元。”

“你们那次将二十五个人杀害的方式，是在列车上还是巴士、轮船或飞机上？”

扮作佐川春泥的影男，兴趣逐渐浓厚起来。

“嘿嘿嘿……真不愧是作家！佐川君，你的提问太尖锐了！那一次集体杀人是利用了列车，具体是哪一个车次我不便说。记得是在列车经过悬崖下的时候，我们在悬崖上让大石块朝着列车滚落。当时，大石块掉落在列车钢轨上。由于列车司机看不清楚钢轨上的情况，以致列车驶到大石块上。那节骑在大石块上的车厢，与其他车厢的连接器断裂而摔落到谷底。车厢里一共是二十五名乘客。”

“杀人目的达到了吗？”

“是的。这纯属偶然，目标人物居然在死者中间。如果目标人物不在其中，我们还打算采取其他措施补救。”

“是谁滚落岩石的？”

“当然不是我们喽，是无罪的孩子们。指示孩子们推岩石滚落到列车钢轨上的则是我们，孩子们不会考虑石块滚落到钢轨上的后果，只是觉得好玩而已。受到我们让他们推落大石块的暗示后，他们觉得只不过是有趣而已。再者，唆使他们的是来无影去无踪的我们，而我们的脸上也没有一丝恶意，完全是好人模样。像这样的事件发生后，孩子们即便被警方抓住也不能定罪。”

“太有趣了！我也曾经写过那样的小说。”

“是的！我就是受你小说的启发采用这一办法的。”

“什么，我的小说？”

“是的，所以说，我是你小说的忠实读者嘛。我还强调说，我不是一般的追星族是吧？”须原正这个怪男子说完，厚颜无耻地嘿嘿笑了。

“其他五种杀人场合，我们也动了不少脑筋。如把对方的脸按入盛满海水的脸盆里呛水而死，再将尸体扔入涨潮的大海里制造溺水身亡的假象。

“或者，将因拳打脚踢致死的尸体装车驶上悬崖，连同车一起推到崖下制造因车辆事故而死的假象……

“总之，我们想了不少办法。因为我们是杀人专家！即便得到的钱不怎么多，也不希望杀人的手段太普通。杀人是完全犯罪，我们必须有清醒的认识，杀了人以后，绝不能被警方抓住。

“我们也雇用一些能代替我们杀人的男子，例如那些乞丐，一进入拘留所或监狱，还有人管他们的吃饭和睡觉，不必担心挨饿受冻。

“不过，使用这种人，我们是不能让警方察觉这是一种有计划的杀人犯罪，而是让警方觉得这是一种过失杀人犯罪。这种罪犯通常是不会被判处死刑的，而且有期徒刑也不会很长。”

俩人的交谈涉及这些重要内容的时候，声音会突然间变得非常的轻，根本用不着担心让人听见。尽管如此，在公共场合说这样的话还是一种冒险行为。

扮作佐川春泥的影男看了一下手表，将须原正说的话引回最关键的话题上。

“贵公司的经营范围以及业绩，我大致清楚了。请问，你有什么要托我办的？”

“简而言之，我们希望你出任敝公司顾问，发挥你在这方面的天赋和才能。杀人既要干得漂亮又要讲究艺术，这不是轻易能思考出来的。再说委托杀人的客户越来越多，我们已经处在难以招架的境地。在这种情况下，要使公司业务进一步发展，无论如何需要一个天才顾问。

“例如，你曾经写过将尸体隐匿在枯井里的这样一本小说。为达到这一目的，你还写了一个崭新的方法，在各地购买有枯井的空地。

“我们读了那篇小说后佩服得五体投地，我们隐隐约约地感到，你不仅写这样的小说，现实中你肯定拥有那种土地。怎么样，我们的判断没有错吧？”

“哈哈……那是小说！硬把想象虚构与实际挂钩，真让我感到困惑呀！”

“那样的话，如果对我以外的人说，也许能蒙混过关，但在我面前这样说，只能是白搭。我在一开始见你时不就已经说了吗，我在某种程度上知道你的情况！嘿嘿嘿……”

须原正说完用白眼瞟了一下对方，匕首般的目光足以让老奸巨猾的影男感到震惊和颤抖。

“抛尸的场合，既安全也不安全。今后，我们需要的时候有可能使用你那有枯井的土地！当然，我们会支付高于土地价十倍的酬金给你。”

“我要是有那样带枯井的土地，一定借给你。要是没有，也请你别见怪。总之，先答应你。对于我来说，允诺借给你们的，只是我的智慧。”

“是的，是的，我没有说要你出借生命。”

“那，请告诉我顾问费是多少？”

“好，我就打开天窗说亮话吧，四个人合作，利润也由我们四个人平均分配。也就是说，你和我们一样，获得公司总利润的百分之二十五。”

“那，假如我不同意呢？”

“是啊，我们也不会强求你，但有一点，我们见面一开始就已经有口头约定，如果你泄露了秘密，我们就会把你杀了。但如果你不违背约定，那你是自由身，随你怎么着。

“实话告诉你吧，即便你把今天晚上我说的内容报告给警方，我也无所谓！我可以当着警方的面说，刚才说的全部是虚构的，编造这个属于天方夜谭的故事，纯粹是想取悦作家佐川春泥。

“这是因为，一般人绝不相信世上有杀人承包公司。尤其在这样门庭若市的小酒吧里谈论杀人话题，就是说到天边也不会有人相信。”

扮作佐川春泥的影男开始喜欢起这个思路敏捷、口齿伶俐的须原正来，与这个充满智慧的须原正共事，肯定能干出许多有趣而且轰轰烈烈的大事。

“好，我已经喜欢上你了，愿意接受你的请求出任贵公司顾问。”

听扮作佐川春泥的影男这么爽快地答应了，须原正扑哧笑出了声：“谢谢！那我们就一言为定了哟！彼此之间的契约，我想就不必白纸黑字证明了。为保险起见，还是不留下任何证据为好。只是，违约的话，你需要付出生命代价。从现在起，你得对我们公司负责。也就是说，你如果泄露我们的机密，我就让你从这个世上永久消失。明白了吗？”

“不，你们这一方即便想让我消失，我也不可能消失。不过，这样的游戏规则实在是太有趣了。我绝不会泄露秘密！因为这已经成为我们相互间的秘密。保密对你我都同样重要。在我们今后的合作过程中，你会渐渐知道我的秘密。现在，我该说什么好呢？”

“不能在这里说，明天改在别的地方说吧！明天上午我打电话给你，你大概在家吧？”

“其实，我真的很忙。好吧，为了你们公司就赔上明天一天的时间吧！我明天不外出等你电话。”

扮作佐川春泥的影男拿着帽子站起身来。

妙　计

第二天正午刚过不久，扮作佐川春泥的影男与须原正在浅草公园的花园门口见面了。

花园里游客不多，大型游览车在空中慢慢旋转，需要坐车空中观光的游人可以随时上车。他俩购买了门票，坐到游览车的一节车厢中。

像这样长龙般的游览车上有许多这样的车厢，车厢之间距离拉得很开，每节车厢里只能乘坐两个人。其他车厢里乘坐的，几乎全是一对对年轻男女。

“怎么样，这里是说秘密话的最好场所吧？可以一边俯瞰东京，一边极目眺望品川那里的大海，一边说悄悄话，你难道不觉得这里既刺激又精彩吗？坐在这里，既不必担心隔墙有耳，又可畅所欲言。”

“你选择这里很合我的想法。这里确实是绝妙的密谈场所。好吧，我现在就说。”

须原正从口袋里取出一支烟点上火，扮作佐川春泥的影男见状也点燃了一支烟。

天空万里无云，没有一丝风。两个人乘坐的那节游览车厢沐浴着和煦春光，朝着天空慢慢地慢慢地攀升。

“那人的姓名不能说。我们可以称他X。

“X还不到四十岁，有妻子，但自己身体很弱，整天躺在床上。为了找助手，特地雇用了一个年轻貌美的女子。

“这女子是有夫之妇，可她没有对X提起这事。女子欺骗X，敲诈到钱后便寄给自己丈夫。我也是通过调查得知这一情况的。像这么难以对付的女人，心地为什么像乌鸦那般黑，可长相为什么偏偏那么漂亮？简直不可思议。

“X是从某一件事情中得知女助手居心叵测。过去，他不清楚女助手究竟是什么样的女子，把自己的一切放心地交给了她。

“总之，女助手需要什么，他就给予什么，尽力满足她所提的各种要求。然而当得知她的真面目后，X开始暴跳如雷。

“事态的发展最终走向了极端，X决意设法杀死这个女子。既然决心已定，X也就根本不把女助手的丈夫放在眼里。

“女助手的丈夫原本是一个善良人，可不知不觉受妻子影响，竟与妻子串通一气欺骗X。

“不用说，女助手的丈夫当初也规劝过自己的妻子。因此，X决定只杀女助手以报仇雪恨，让她知道恶有恶报。

“可是，X不想为了除掉这个女人而搭上自己的性命。也就是说，既要除掉女助手，又不能让警方怀疑自己。他希望这样了结他的心头之恨。

“我们公司察觉了X的这一想法后，开始与他接触和交涉。通常类似这种交涉，不管什么时候都是这样，一开始X不愿意敞开心扉暴露自己的想法，而且也不相信我们。

“这就需要像昨天晚上我对你说的那样，我们向他举了许多实例，苦口婆心，好说歹说，让他知道我们公司的实力。经过一番仔细耐心的解释，最终X同意委托我公司帮助他除掉女助手。

“报酬是五百万日元。其他如餐费、交通费等，他答应再增加一百万日元或者两百万日元。

“可这笔生意很难成交。他说杀人方法的前提必须保证他生命安全。同时，必须制造他不动手和不在现场的假象，还要让他目睹女助手被杀的场面。

“我们为此设想了许多方案，可都达不到他提出的这些要求。为此，作为你担任本公司顾问的第一项工作，想请你提供能满足X要求的杀人方法。”

天空呈蔚蓝色，头上飞过一架直升机。

两个人乘坐的车厢登上游览车的顶部，眼前出现了高耸入云的富士山。此时此刻，他俩悠闲自得，兴致勃勃。

“那个X客户住在什么地方？”扮作佐川春泥的影男慢慢腾腾地开口询问。

“住在世田谷区高台那里的一幢大型别墅里。”

“高台？”

“是的，是适宜眺望远景的高台。”须原正好奇地望着扮作佐川春泥的影男的脸答道。

“大概是那幢二层楼建筑吧？”

“嗯，是的。”

“从那幢别墅的窗户可以看见外面的空地吗？”

“望出去的都是空地！那一带还有许多旱地。”

“从那二楼可以看见的空地……尽可能距离X别墅远一些为好……能不能买下那片空地里的四百平方米或者八百平方米？买下的那片空地附近，最好没有住宅。”

“你说的那种空地，那一带有。只要豁出去，不管价格多高，可以立刻买下。”

“对了，我有一个绝妙的方案：以贵公司某个人的姓名买下那片土地。至于钱嘛，当然是请X客户支付！然后在那片土地周围竖起板壁围墙，但板壁一定要高。

“也就是说，那围墙里面的情况，只有站在X客户别墅二楼才能看见，而附近别墅的人必须看不见。接下来，在那片空地上的适当地方挖坑。挖坑时，必须是你们三个人自己挖。

“那很简单，只要直径有两米的坑就行了，深度得三米至五米。如果两个男人挖，半天就足够了。

“接下来要做的，稍稍有一点儿困难。这项工作也必须由你们自己亲手去做，即把那堆挖出来的土筛一遍，而后在细土上加水变成泥状，再将它填回坑里。当泥状的土将坑填满后再进行平整，使之与周围的土融合在一起。

“准备工作就这样结束了。接下来的工作，是请你们公司那个女合伙人完成。让她和X客户的女助手交朋友，伺机把女助手引诱到围墙里的空地上即可。”

“嗨，那么简单的过程能满足X客户提出的条件吗？”

“当然，当然能，这与X客户提出的条件完全吻合。”

“让我公司的女合伙人引诱女助手，岂不危险吗？必须保证她绝对安全，否则可就麻烦了……”

“除X客户的女助手外，只要脸长得像就行。不是在X客户家里，而是在别的地方，只要是女助手单独一个人时与她交上朋友就行。最好是化装的！在把女助手引诱到现场的途中，要不断地换乘交通工具。最后那辆直达现场的车，必须是你们两个男合伙人中间的一个驾驶。怎么样，你会驾车吗？”

“会的，我俩都会。”

“好了，都具备了，肯定大功告成！”

对于须原正来说，扮作佐川春泥的影男制订的计划，尽管还有点儿模模糊糊，可大致还是明白的。他不由得露出笑脸望着影男说道：“不愧是佐川先生！你刚才提出的确实是最佳方案，完全可以满足客户提出的各项要求。”

“这么说你已经明白了？这么快就理解了？佩服，佩服。”

“还有一些细小地方虽不太明白，但大致能想象得出。不过，这确实是一个让人震惊的杀人方案，还相当残酷。”

两个人相互望了一下对方的脸，嘿嘿笑了。

就在空中游览车旋转的几分钟时间里，两个人在东京的上空制订了令世人毛骨悚然的杀人计划。

沉　没

世田谷边上，还有许多与旱地相连很冷清的地方。

那里是冷清地带的一部分，有零星新建住宅，相互间距离拉得非常开。

在可以俯瞰那片旱地的高台上，有一幢超豪华大型住宅，周围是非常坚固的石块堆砌的围墙，围墙里非常空旷的土地上树木林立，枝繁叶茂，中间是那幢日本风格的二层楼住宅。站在该建筑的二楼窗台，可以把周围的景色尽收眼底。

这幢大型别墅附近有一幢“夏殿别墅”，主人是某制药公司的总经理，叫毛利几造，今年还没满四十岁，是一个超级大富豪。

在距离毛利别墅四百米左右的旱地里，两三天前传来铁锹与铁榔头撞击的金属声响。现在，五百平方米左右的旱地已经被平整了一番，周围都竖起了密不透风的板壁围墙。

从这项工程开始那天起，毛利几造就买来一架价格昂贵的高倍望远镜，将它架在二楼的和室里，每天眺望这片五百平方米的工地。

毛利别墅与这片工地现场之间没有建筑物之类的视线障碍，他只要把眼睛凑在望远镜上，就可以将工地现场情况看得一清二楚。

堆得像山一样的木板背后的土地上，被撒了一层白色细沙，沙子好像是从海岸那里运来的。前一天深夜的时候，围墙里好像进行过什么作业，可由于当时没有光线看不清楚，再说他也不打算去问什么。

高台上除毛利别墅外没有其他住户，也没有路可以让行人通过这里时俯瞰空地的情况。也就是说，能看见板壁围墙背后情况的，唯毛利别墅里二楼拐角的那个房间。除这房间外，即便站在其他房间的窗台前，也无法看清空地那里的情况。

板壁围墙全部竖起后过了三天，毛利别墅接到一个奇怪的电话。

“明天正午一点钟有一台好戏，请别错过机会。另请通知你家里所有人不要外出，明白了吗？”

对方连着重复三遍相同内容后，挂断了电话。

到了第二天，毛利几造来到二楼拐角的那间和室，只拉开一扇落地移窗，把阳台上的藤椅放到一边，坐到和室里一张桌子的前面，桌上放有一架望远镜，就在他跟前。

万里晴空，一只鸢在天空画着弧线，无忧无虑地翱翔。

二楼窗台下边的院子里，植树公司派来的年轻职员和毛利别墅里看管院子的老爷爷从早上开始就在修剪树枝。

楼下玄关旁边的小房间里坐着一个寄宿生，厨房里两个女用人正在洗刷午餐过后的碗筷锅盆等。

在后院的洗衣房里，一个女用人正在专心致志地洗涤。

宽敞的二楼里，除毛利几造外没有其他人。这是根据电话里那个男子的指示，毛利几造特地让别墅的二楼上就他一个人的。

在玄关和后门以及其他主要地方都配备了用人把守，规定任何人外出绝对不能让别人看见；倘若一定要外出，那只有一条路，沿着屋顶下到院子，再翻越石围墙外出。可院子里有植树商店派来的员工和看管院子的老头，一到院子就会被人发现，因此，这条路也走不通。

做了这番布置后，万一后天如果有人怀疑毛利几造，大家都可以证明他在二楼没有外出。事实上，那段时间里，毛利君没有跨出二楼和室一步。毫无疑问，是制造毛利几造不在杀人现场以及没有时间杀人的证据。

时针正巧指向一点的时候，一辆车停在距离板壁围墙一百米左右的道路上。

毛利几造见状立即把眼睛凑到望远镜上面，望远镜里出现的车大得仿佛就在眼前。

车门开了，走下两个女子。先下车的，是一个三十五六岁的女人，对于毛利几造来说是一个陌生女人。紧接着下车的，是一个二十五六岁的女人，长得非常漂亮，但举止傲慢，显得冷冰冰的。

就是这女子欺骗了毛利几造，她叫比佐子。

这情景一出现在望远镜里，毛利几造顿感愤恨无比，气得脸上的五官都变得歪斜起来，两只搭在望远镜上的手也微微颤抖起来。

毛利几造的视线紧跟着两个人的背影，他不停地转动着望远镜，片刻后又把注意力集中到周围，搜寻是否还有其他人。可眼下不是种植季节，旱地里连一个人影也没有。

毛利几造总算松了一口气，与此同时，猛然觉得自己的心跳在加剧，呼吸也跟着急促起来。

“好，好，那个可恨的家伙就要去见阎王了，她本人也绝不会想到别人会替我报仇。你这个坏蛋，马上就会知道欺骗我是什么样的下场。”

天空中的鸢继续在绘制更大的弧线寻找猎物，不停地飞啊飞的。

两个女子走进板壁围墙里，围墙里的空地上铺满了白色的沙石，她们踩着白沙石面朝望远镜的方向走来。毛利几造把望远镜不偏不倚地朝着她俩，不时地把角度调整到最佳位置。

就在这时候，走在头里的女子不知想起了什么猛地朝前奔跑起来。不是笔直的线路，而是忽左忽右地一边转弯一边狂奔。不一会儿，她跌倒在沙石地上，好像被什么东西绊倒了。

“救命！”

不用说，根本听不见她的喊叫声，可表情和嘴形证明她表达的是这个意思。她手舞足蹈地挣扎着。

刚才走在她身后的那个女子——比佐子见状大吃一惊，慌里慌张地朝那里跑去。她奔跑的是直线，目标是上去搀扶跌倒在地的女子。

刚奔跑了十步左右，可怕的事情发生了。

比佐子穿着高跟鞋的脚刹那间迈不动了，仿佛被白色沙石吞没了似的往下陷。

比佐子慌了神，企图抬起右脚，由于用力过猛，左脚反而陷得更深了。

毛利几造的望远镜里，清晰地映着比佐子惊慌失措的表情。

她不停地挥手，不停地挣扎着双腿，可越是挣扎腿陷得越深。

眨眼间，沙土没过了膝盖。在这种状况下，脚已经不可能抬起，脚脖子成了僵硬状态，仿佛被什么东西往地底下拽。

终于，比佐子似乎明白了一切。

那张漂亮的脸蛋，变得歪斜和丑陋起来。

脚下和周围是没有底的泥沼地。

她瞪大眼睛，仿佛眼眸蹦出了眼眶，嘴巴张得变成了圆形，好像在拼命喊叫。那模样，似乎在向前面那个倒地女子求救。

可倒在比佐子前面的那个女子，不知是听见还是没有听见，既不把脸转向背后也没有其他任何反应。

毛利几造将望远镜直接对准那个女子。她的脸上布满了阴沉的笑容，躺在地上丝毫没有要爬起来上前救助的迹象。

再看比佐子，沙泥已经淹没了她的大腿。

漂亮的裙子，仿佛浮在水面上的荷叶铺在沙土上。随着她的挣扎，沙石下的泥浆不停地朝上翻滚，白色的砂石被黑色的泥土污染得斑斑驳驳。

比佐子似乎打算抱住什么，伸长手臂去抓沙石，可手一触及那里，明白那里也是相同的泥沼地。于是，像摸到了妖魔鬼怪的身体似的，慌慌张张地缩回手。

乍一看是坚硬的地面，可这片白色沙石表层的下边却是无底的泥沼地。眼前的这片大地，已经失去支撑她的力量。

比佐子眼前很近的地方，是那个带她一起来的倒地女子，可她没有往下陷，躺在坚硬的大地上。而泥沼地就那么巴掌大一小块，并且就在比佐子脚下及其周围。

要能爬到她那里就有救了！只要朝那里爬上一米就行了。

她拼命地朝那里爬，可身体依然在原地。下半身早已被夹住失去了自由，就连稍稍晃动身体也不行。

比佐子仿佛成了脸蛋美丽的侏儒姑娘。由于裙子浮在沙泥上，只露出大腿以上的身体部分。

毛利几造瞪大眼睛凝视，比佐子那张苦苦挣扎的美丽脸蛋像野兽那般狰狞。

看着她似乎在大喊大叫的嘴唇动作，毛利几造开始担心声音被人听见。

担心是多余的。就连距离比佐子最近的毛利别墅，也听不见那有气无力的叫喊声。纵然叫喊声随风飘到遥远的住宅那里，多半会被认为是隐隐约约的犬叫声。

毛利几造估计声音传不到别人的耳朵里后，又把望远镜的焦点对准比佐子。

这时候的比佐子，沙泥已经淹没她的腹部。痛苦的她，身体晃动得更剧烈了。这时，她的身体与泥沼地的边缘距离缩短了，只要稍稍再缩短那么一丁点儿，手就有可能抓住坚硬的地面。此刻的她已经披头散发，发疯似的晃动着上半身，两只手在空中乱舞，仿佛在向空气求救。

就在这时候，前面那个倒地女子终于爬了起来。她转过身来蹲在痛苦挣扎的比佐子边上，没有伸手救助，而是不停地嚅动嘴巴，好像是代表毛利几造宣布她死刑的判决书。

比佐子一边听着数落自己背叛毛利几造的罪行，一边身体继续下沉。渐渐地，整个胸部被沙土遮没了。

剩下的只有脸还裸露在外。再过一会儿，沙土将遮没比佐子的脸部。

可恶！可恶的脸！那张脸将永远从这个世上消失！

刹那间，毛利几造的心情变得奇妙起来。他那燃烧着报仇雪恨烈火的心，猛地涌出怜悯之情。

可事到如今已经无能为力。假设上前救助，反倒会暴露自己的罪行。下一回是轮到比佐子向他报仇。

毛利几造想起比佐子的欺骗给他带来的痛苦，脑海里掠过的救助念头转眼间荡然无存。

比佐子的脖子也被沙泥遮没了，浮在沙土上的脑袋周围是裙子下摆。远远望去，裙子下摆仿佛一条围嘴布。

只剩下脑袋的女子已经不再叫喊，临终前的痛苦，加之眼眸的突出以及满脸的泥和血。

那个带比佐子来这里的女子，似乎也吓破了胆，背对着比佐子站着，不敢正面朝着比佐子。

渐渐地，嘴巴、鼻子、眼睛被沙泥吞没了。

毛利几造不由得离开望远镜，闭上眼睛，嘴里发出一种既不像叹息也不像吼叫的声音。

这时候，他的脑海里不时地闪出强烈的悔意。

毛利几造闭了一会儿眼睛，感觉脑袋不时地颤抖。少顷，他又孤注一掷地举起望远镜眺望，两只握着望远镜的手也不听使唤地直发抖。

比佐子的头发也被淹没了，仅剩下两只手在沙土上，酷似两只小动物在地上蠕动。

然而，那晃动的时间并不长。一厘米，又是一厘米，留在沙土上的部分越来越短，最后只剩下五根手指酷似微不足道的小虫在沙土上爬行。又是一瞬间，这一次五根手指也全部消失在沙泥里了。

白沙石的一部分变成了黑颜色，表面在咕咚咕咚地起泡。又是一瞬间过后，空地里的一切都平静了。

正午耀眼的阳光无声地照射着那里。刚才翱翔的鸢开始降低飞行高度，在空中盘旋。

推　销

这不像我，那种事情不必放在心上……

影男从一开始就大口大口地喝酒，心里直嘀咕。

在他的周围站着几个身穿美丽服装的小姐，正叽叽喳喳地海阔天空消磨时间。化装成丑角的男子们则以奇妙的步伐转来转去，朝客人们说着恭维话。

舞台上正在表演杂技。三个全身涂满金粉的舞蹈演员，在一片金光闪烁中跳起了蛇舞，身上沐浴着红蓝黄等五色灯光，营造出一种特别的氛围。

观众席上点燃了许多爆竹，发出乒乒乓乓的爆响，五色彩带像雨点般地射向舞台，如同仙女散花般地洒落在三个金光闪闪的舞蹈演员的头上。与此同时，无数美丽的大气球在舞台上空升腾飘荡。

这里是银座的德拉宫舞厅。影男坐在舞台正面最中间的座位上，全神贯注地望着疯狂的热闹景象。

但是，即便在这样热闹的场合，刚才令他厌烦的事还是难以忘怀。传授给须原正的杀人计划已经获得成功，从领取这笔报酬开始，这种糟糕的心情就像阴云一直笼罩着他全身。他仅仅是制订了计划。

尽管用这种想法极力为自己辩解，可杀人计划毕竟是自己制订的。正由于这一计划的实施，年轻美貌的女子挣扎着、叫喊着陷入泥潭的痛苦情景，像电影一样始终在眼前浮现，幻影般地围绕着、折磨着他。

酒喝醉了，也许可以忘掉它。

他想出这么一个解脱办法。此刻的影男，扮作绅士殿村启介来到这家舞厅解闷。

他不经意地转过脸朝后看，察觉身后站着一个满头银发的老人。

“觉得没劲吧？是不是讨厌这样的气氛？你是有钱人吧？既然是有钱人，干吗不去另一家舞厅？那地方比起这里不知要好多少倍呢！”

老人头上似乎戴着银白色的假发，密密麻麻的。还有银白色的胡须，朝着两边翘起。下巴那撮白花花的胡须，一直垂至胸前……身穿笔挺的黑西装，看上去是一个气质非凡的老人。但给人一种莫名的恐惧，老人似乎擅长什么特异功能。

“怎么样？你若感到无聊，感到寂寞，可到那里。届时，你一定会觉得世界多么奇妙。”

白发老人站在扮作殿村启介的影男身后极力劝说，嘴距离他的耳朵越来越近，重复着同样内容。

“那在什么地方？”扮作殿村启介的影男突然产生了强烈的好奇心，问道。

“在东京，坐出租车去不到一小时。”

“你能担当向导吗？”

“行！”

白发老人猛地压低嗓音说：“但要现金五十万。”

“五十万？我现在身上没带那么多。其实，这点儿数目要在平时都拿得出，可今天……”

白发老人微笑着说：“原来没带。那，可以商量，先看后付款。不过，必须是你一个人，否则很难办……”

“那，让这些小姐在这里等？”

“不，让她们在这里等是不可能的。你去那儿究竟需要一天还是两天，得根据你的心情，也许一星期，也许一个月，或许一年……”

白发老人脸上浮现出捉摸不透的可怕笑容，嘴里嘟哝着。

影男听白发老人这么一说，越发好奇起来。

这白发老人也许真让我看价值五十万日元的不可思议的东西，或许他是恶意诈骗。不管怎样，先顺着他的意思。

“那，让这些小姐回家吧！钱嘛，今晚带得太少……”

“明白了，明白了，真到那里去得明天，我们还必须抓紧时间事先商量。”

“在哪里？”

“一个安静场所，就在附近，我带路。”

扮作殿村启介的影男对怪老人产生了浓厚的兴趣。

打发小姐们离开后，影男跟着白发老人走出舞厅。白发老人把影男带到一家距离舞厅不远的小酒吧，选择了一个最里面的包房。

两个人中间隔着小桌面对面地刚坐下，白发老人像说悄悄话似的打开了话匣子。

“这需要绝对保密，明白了吗？这三天里我一直尾随你，对你进行了充分观察，最终还是觉得你这个人做事比较牢靠，便主动向你介绍。我不便说出我的姓名，也不打算知道你的姓名。我说的这笔生意，你我之间都不需要提供姓名。你这一边只要支付五十万日元就行，我这一边只要把你带到那里就算成交了。”

“那到底是什么地方？”

“是荻洼前面一点儿的地方，坐中央线列车就可到达。”

“照你这么说的保密要求，没人知道你介绍的那里的情况？”

“不，有人去那里看过，但需支付五十万日元。去的人必须对那里的一切守口如瓶。除住在那里的人和我以外，谁都不知道。”

“什么？你说有人住在那里？”

“是的，那是秘密，你看了以后就会明白的。我们那里的世界，完全是另一个天地，可以称作天堂，也可以叫作地狱。总之，它与这个世界截然不同，是另一个崭新的世界。”

“那，大概也是一种魔术吧？不管魔术如何奇妙，五十万日元的入场券是否太贵了？”

“主要是场地费昂贵，因为那里不是一般场所，很少让人去那里观看。那里，并不是谁支付五十万日元都可以去的。”

“既然要支付那么昂贵的入场券，里面一定很精彩吧？”

“不用说，非常有吸引力，可以欣赏许多有趣的东西。而那些又都不是这个世界的东西，都是很难想象的。”

“有没有危险？”

“可以这么说，也许有那么一点儿。试想，凡是带有冒险和刺激的，如不带一点儿危险，就不会有什么趣味。你清楚那种刺激是什么，所以特地邀请你。如果我对你的判断是错的，那我们就在这里分手吧！”

白发老人似乎很不满意影男喋喋不休的提问，摆出要起身离开的架势。

“好，好，明天晚上我带五十万日元来。那，请告诉时间和地点。”

“啊，没想到你下决心时会这么果断。像你这么快就做决定的客户，是我迄今为止遇到的第一个。地点还是这里，时间是晚上九点……”

水　下

第二天晚上九点，两个人还是在昨天晚上的那家小酒吧里见面了。

扮作殿村启介的影男递上五十万日元，白发老人核实后又还给了他。

“这钱，你到了那儿再付。这是那家店主收的，我得到的只是其中一部分。”

白发老人把他带到轿车旁边。

司机肯定是白发老人的搭档。

轿车飞驰了四十分钟左右到达了目的地，四周是混凝土围墙，里面是一幢超大型别墅。

白发老人取出钥匙打开古朴的铁门，把扮作殿村启介的影男带到院子里。

影男环视一下周围，眼前是超大型别墅建筑。别墅背后好像有朦朦胧胧的光线，但所有窗户里都没有灯光。

“这本来是一幢非常漂亮的住宅，可现在成了某公司仓库。不过，我们要做什么都不在这里进行，而是下到别墅背后的池塘里。”白发老人凑到扮作殿村启介的影男耳边说。

“什么？下到池塘里？”影男吃惊地问道，白发老人发出轻轻的笑声。

“说是下去，并非在水里。等一会儿，你就会明白的。”

他俩在昏暗中朝前走去，不一会儿来到宽敞的后院。看模样，这里原来是一个非常气派的院子，曾经树木林立的痕迹依稀可辨。

片刻，微弱的夜光洒落在宽敞的池塘水面上。

白发老人拉着影男的手来到池塘边，一起坐在池塘边上。池塘呈不规则的椭圆形，直径有十四五米，黑乎乎的水面静悄悄的。

“刚才我说过，有事下到池塘里进行。我事先已经通知了，马上就会出现奇迹，请仔细看好池塘中央。”白发老人一边用警惕的目光打量周围一边轻声地说。

在这样的深夜坐在这样的旧池塘边上，即便没有任何声响也会感到毛骨悚然。按白发老人说的，这座旧池塘好像是通向不可思议的马戏魔术棚的入口。尽管影男充满了好奇心，但心扑通扑通地越跳越快。

随着眼睛渐渐习惯黑暗，周围慢慢地亮了起来，比想象中还要宽敞的院子里，四周是黑压压的树林。在距离岸边三米左右的池塘里，伫立着一个黑色东西。

经过仔细辨认，那原来是直径四厘米左右的铁管，端部朝旁边弯曲，铁管伸出水面六十厘米左右，弯曲的铁管端部朝着他俩坐的方向。

“你发现什么了吗？你觉得那是什么？”

白发老人压低嗓门问道，可朦胧的黑暗里难以让人想象。影男没有说话。白发老人解释道：“那是潜水望远镜！是潜水望远镜！”

“哦，从潜水艇里观察海上的望远镜就是它吗？”

“是的。”

“你是说有人在池塘里用望远镜观察外面？”

“可以这么说。当然，像这样暗是看不清楚的，必须是白天。”

没想到影男面对着这样的潜水望远镜也发愣了。他短促地吼了一声，把两只手臂组合成交叉形状抱在胸前。

隐藏在院子的池塘里，伸出长长的潜水望远镜观察外面的家伙，到底是什么人？这样古怪的家伙，自己还是头一回遇上。看来，这人一定非常有趣。支付五十万日元来这里，看来还是值得。

影男高兴了。

看着看着，那架潜水望远镜朝他们那里延伸。片刻，那弯曲的端部伸长了一米。紧接着，池塘里的水开始不寻常地晃动起来，一个庞然大物突然浮出水面。

庞然大物的表面是平的，从它的一端伸出的是刚才那架望远镜，好像在潜水艇的司令塔顶上。

这么小的池塘里，莫非有微型潜水艇?

影男觉得不可思议，脑子里浮想联翩。他侧过脸问身边的白发老人。

“这真是潜水艇吗？”

“不是的，只能说是那样形状的东西。那粗粗的圆筒时而浮出水面时而沉入水里，是到达目的地的唯一出入口。”

“你说的目的地是指什么？”

“就是让你看精彩东西的地方！是天堂，也是地狱。”

影男大幅度地点头，即刻明白了老人说的意思。

原来，要带我去的地方居然在地下!

这池塘里的圆筒，是去那里的入口。

这样的设计太妙了！平时一直沉在池塘水下，不会有人想到去地下的出入口居然在这里。等到夜深人静再将出入口伸出水面，成为进出的通道。不需要使用的时候，出入口便沉入水底隐蔽。嘿！考虑得太周到了。

制造这样的升降出入口，无疑需要大量费用。马达是肯定需要的。那么，需要守口如瓶的秘密究竟是什么呢?

影男一想到这里，顿感心跳得更剧烈了。

怪　景

直径超过一米的出入口圆筒，在朝水面上伸出六十厘米左右的时候猛然间停止了。盖在上面的圆形铁盖“啪”地打开，从里面伸出长长的铁梯，迅速伸向池塘边。与此同时，圆筒里走出一个人来，轻松地沿着架在岸上的铁梯走到岸上。

影男被深深地吸引住了，瞪大眼睛望着那越来越大的人影。那人上身是黑色紧身衬衫，下身是黑色紧身裤子，出现在他已经适应黑暗的视线范围里。

在狭小的圆筒里可以自由转动身体，或许是因为穿了紧身衣裤的缘故。影男暗自点头。男子很自然地朝着他俩走来，好像已经知道白发老人带来了客人。

白发老人见男子走来赶紧站起来朝他走去，两个人站着交头接耳聊了一会儿，接着，白发老人转过脸来，朝着影男介绍那个男子。

“下面，由他担任你的向导，五十万日元等会儿交给他就行了。我就不奉陪了，失礼了。”

“这人是谁？”影男问道。

白发老人挥挥手制止了影男的提问。

“他没有名字，他的任务只是带你去那个不可思议的国度。接下来你要去的那个国度里有许多人，可谁都没有名字。不用说，你也没有必要说出自己的姓名。这男子相信我，会把你当作客人接待的。你相信他跟着他就行了，那里惊险刺激而且精彩。”白发老人说完轻轻地笑了笑，举手挥了一下转身走了，消失在茫茫的黑暗里。

身着紧身衣裤的男子朝白发老人恭恭敬敬地鞠了一躬，牵着影男的手说：“请跟我来。”

听声音，男子年龄在三十岁左右。他带着影男沿着铁梯朝圆筒出入口走去。影男默默地跟着朝那里走去，走完铁梯来到圆筒出入口上。这时候，男子手指着脚下的圆筒出入口说：“里面有铁梯，请踩着铁梯朝下走。”

说完，男子走在头里。影男也学着他的爬铁梯姿势，下到圆筒深处。

两个人消失在圆筒深处后，架在岸上的铁梯自动缩回圆筒内部，与内部竖着的铁梯重叠在一起。紧接着，铁盖无声降下，与圆形出入口合在一起。

这时候，圆筒内部漆黑一片，什么也看不见。

影男猛地站住了，感觉自己好像是乘坐在电梯里。

明白了，圆筒在朝池塘底部下降。

他俩在狭小的圆筒底部站了一会儿，忽然觉得圆筒不动了，眼前的铁壁上出现了线一般的缝，接着，一丝光线从那里射入。

光线，逐渐变粗。

圆筒里的墙壁一部分变成了门，朝里侧打开。

两个人从敞开的门滑入横向通道。像这样的两重门，即便在水里也不会让水渗入。

横向通道，是模仿自然岩洞的形状用水泥砌筑的。

不知来自哪里的昏暗灯光，将周围照得蒙蒙亮。

影男重新观察向导男子。男子身上是黑丝绒紧身衬衫和紧身裤子，脸上戴着遮住眼睛的黑丝绒面罩。

洞窟入口附近有一扇铁门。男子打开铁门，里面是一个小房门，也是模仿岩壁用水泥制作的。

男子带影男来到房间里。

粗糙的茶几和长沙发，桌上放着电话和文具。仿岩石形状的墙上装有配电盘，排列着许多开关。他俩面对面地坐到椅子上，中间是茶几。

“我们就在这里成交吧！请把钱给我。”蒙面男子说。

影男顺从地将事先准备好的五十万日元交给蒙面男子。

男子点了一下纸币，用手制止又要提问的影男，用命令的口吻说道：“你什么都别问，我是不会回答你的，因为我只是看门的，不能回答你提的任何问题。不一会儿，你将明白所有一切。所有一切是值得期待和充满悬念的……首先，你可以慢慢地、愉快地欣赏地底下的另一个世界。离开这里一直朝里走就可以了，一路上只有一条道，不会迷路。少顷，你将碰上美丽的向导……对不起，我就在这里告辞了。”

男子站起来推开铁门。

影男这回是独自一人来到刚才的洞窟，与此同时，背后的铁门“啪”地关上了。

按照蒙面男子刚才说的，影男沿着这条路朝深处走着。

这一路上也不知光源来自哪里，影男在暗淡的灯光下独自一人行走。尽管有一定的心理准备，但还是不免感到有点儿害怕。

虽说是人工洞窟，可此刻给人一种自然岩洞的感觉，仿佛自己被困在地底下，四周弥漫着阴森森的空气。

又过了片刻，影男来到弯曲洞窟的拐角。影男沿着拐角转过弯去，眼前即刻浮现出白色的东西。他顿时站住了。只见那里站着一个亭亭玉立的美女，其背后是黑色岩石。

身着白色紧身衣裤的女子，那张脸蛋漂亮得简直难以形容，正笑盈盈地望着影男。影男直愣愣地站在那里，不知如何是好。美女走上前牵着他的手走在头里，没有说话。

一来到洞窟较宽阔的地方，只见美女将手放在旁边的岩石上。于是，眼前的大岩石朝里移动，出现了一个黑窟窿。

刚才那块移动的岩石，是这个洞窟的门。

这时，一阵暖风拂面而过，洞窟里飘逸着白色的烟雾，什么也看不见。

后来，影男才明白那不是烟而是热气。

美女依然一声不吭地朝前走着，引导影男朝热气里走去。

突然间，前面又出现一个美女。也不知她从哪里来，两个美女开始围着影男，为他脱去身上的衣服。

影男任凭对方摆弄，既不反抗也不吱声。片刻，他身上的衣服以及内衣内裤全被脱了下来，浑身一丝不挂。接着，美女们把他带到被夹在岩石中间的温泉边上。

影男把身体泡在温泉里。当他感到全身暖和的时候，两个美女又牵着他的手离开温泉池，让他躺在平稳光滑的岩石板上，用手掌轻轻地搓掉他身上的污垢。

也不知是什么时候准备的，边上已经放好了崭新的黑丝绒的衬衫和裤子。泡完温泉后，两个美女站在两侧给他穿上黑丝绒紧身衣裤。

穿戴完毕，影男顿感自己甚至连情感也变成了来自另一个世界的人。黑丝绒的衣裤仿佛是定做的，非常合身，影男的心情也感到特别舒畅。美女在为他服务的过程中没有说一句话，一直是笑容满面。影男也没有开口。

不使用外面世界人的语言，消除外面世界人身上的污垢，脱下外面世界人穿的衣服，让从外面世界来的人变成地底世界的公民。

像这样的做法太好了！很合自己的想法。看来，创造这个世界的人，无疑十分喜欢这样的世界。

影男心情特别舒畅，走出温泉澡堂后，身后传来一阵风，门关上了。

两个美女没有出来，被门挡在里面。

影男又变成独自一人站在门前的洞窟里，无可奈何，他又迈开脚步继续走。

越朝里走，洞窟变得越窄。少顷，变成只能一个人行走的狭小通道。渐渐地，光线暗淡下来，不一会儿，周围黑得伸手不见五指。可影男并不打算返回。无疑，再往里走一定有什么特殊东西。可狭窄的小道已经到了尽头，不能再往前走了。

影男用手在黑暗里上下左右摸着，可周围是光溜溜结实的岩壁，没有可以离开这里的通道。他还是没往回走，耐心地站在黑暗里等待着发现奇迹。他的耐心等待，终于出现了奇迹。

突然，前面的岩壁无声地朝旁边移开，出现了一条通道。原来，是岩石门。紧紧挨着岩石门的是陡峭的石台阶，他毫不犹豫地沿着台阶向上攀登。爬完台阶，影男顿感眼前一亮，站在那里能一目了然一望无垠的大海。

啊，我是做梦吧？不可能！

没想到，影男觉得眼前一阵阵眩晕，费了好大的劲儿才让自己站稳。

哗，哗……传来浪涛声。蔚蓝色的天空，没有一丝云雾，远处地平线勾出了地球的圆弧。视线范围内既没有岛，也没有船，只有天空和海水。

再看看脚下，也不知是什么时候，刚才走过的石台阶和入口不见了，无论怎么搜索还是找不着。眼下，他是站在三平方米左右的正方形岩石上。

一望无际的大海上，只有他一个人站在孤岛般的岩石上。这时，他眼前的大海里发生了奇怪的现象。

看似大海里的一处海面上出现了浪涛，刹那间出现一条大鱼。尾巴酷似小舢板那么大的鱼，扬起很高的白色海浪，身上闪耀着银色的鳞光，每一片鱼鳞的直径，足有二十厘米。大鱼晃动着尾巴，在波涛中间卖弄着舞姿。

这时，又发生了比这还要令人吃惊的现象。大鱼又是一个翻身后，再次在水面上露出上半身。刹那间，大鱼成了美女。

美女的黑发随着波涛飘荡，两条漂亮纤细的手臂在天空中闪现。下半身是鳞光闪闪的鱼身，上半身却是美女的身体。也就是说，这是一条美人鱼。

从被水弄湿的黑发之间裸露出来的那张脸，漂亮得简直难以形容，而且越看越觉得可爱，让人难以自拔。

美人鱼鲜红的嘴唇间露出珍珠般的牙齿，朝着影男微笑。

奇　花

影男呆呆地望着美人鱼，眨眼间海面又起波浪，一个白色的东西浮出海面。

那也是美人鱼，既漂亮又可爱。眼下，海面上一共有两条美人鱼。

“亲爱的客人，欢迎光临，现在我们带你到海底去。”其中一条美人鱼笑盈盈地对站在岩石上的影男说。

“你让我去海底？我可不是鱼，我是人，不能在海里潜水。”影男蹲在岸边，比较着两条美人鱼的表情回答。

“别着急，没有什么不可能的。我们在海里潜水使用这种器具。现在，我们帮你穿上它。”

美人鱼递上透明的面具给影男看，随后戴在自己脸上。

面具不大不小，凑巧遮住美人鱼的眼睛、鼻子和嘴巴。这种面具既透明又柔软，还可以任意将其伸缩，戴上它后，丝毫改变不了美人鱼那楚楚动人的面容，反而还给人一种笑眯眯的感觉。也就是说，戴与不戴几乎没什么区别。

不过，仔细观察面具，就会发现上面有透明柔软的细管，它与小型氧气瓶相连接。美人鱼们的腋下，都系有这样的氧气瓶。

“亲爱的客人，你只要戴上面具，不管水有多深都没关系，你可以轻松地到达海底。”

两条美人鱼一爬到岩石上，便把面具戴在影男的脸上，把氧气瓶系在影男的腋下。

“好了，我们拉着你的手去海底参观一个不可思议的国度。”

扮作殿村启介的影男被美人鱼牵着手，顺从地下到海里。

水一点儿也不冷，与人的体温差不多。

黑丝绒的紧身衣裤犹如涂了一层薄橡胶，水丝毫触及不了身体，手和脚被封得严严实实，水无法从那里侵入。

影男被两条美人鱼从两侧夹着朝海底下沉，尽管那样，影男还是无法顺利地下沉。于是，两条美人鱼巧妙地将影男拽下海底。

氧气瓶不断地朝面具里输送氧气，戴着面具的影男丝毫没有窒息的感觉。

原以为大海深不见底，可他们去的海底非常浅。两条美人鱼在岩石之间为影男引路。

片刻，他们来到大海藻云集的地方。宽度三十厘米到五十

厘米酷似海带的海藻，犹如野兽背上的鬃毛。不计其数的海藻，纠缠在一起左右摇晃。

美人鱼带着影男在滑溜溜的海藻林里穿行。

不一会儿，前面被海藻挡住了去路。接着，改走深谷般的坑洼。

谷底没有光线，似乎深邃无底，给人难以言喻的阴森感觉。影男朝深渊望了一眼。

突然，一个令人难以置信的东西穿过蓝色的海水映入眼帘。像这样的东西，即便在人间也不可能出现。

那东西像一朵巨大的花。以黑色岩石为背景，忽然展开，颜色通红通红的。美人鱼拽着影男不断下沉，朝着暗淡的海底潜水。渐渐地，只见那花开始变大，而且越来越清晰。

那是一朵奇怪的花，被直径大约四米的五片花瓣围着，中间相当于花蕊的位置，宛如美女的脸。

五张美女的脸，紧紧地黏附在黑色的岩石上，正在尽情地开怀大笑。五个美女身着红色泳装，五张脸围成一圈呈放射状仰卧在海水里。这些美女用身体和大腿模仿着花瓣的形状。

美丽的海底花！是人体花！

这种与众不同的花，在海底最深处也有两朵，朦朦胧胧的。凝神望去，昏暗的海底有淡淡的花影。

海底里，到处是这样的人体花。深蓝色的暗淡海底，有盛开的奇丽的红花。像这样奇异的美，影男还从未见过。影男与美人鱼以这样的花为目标，继续下沉。

突然，影男眼前出现了障碍物，一个很长的大怪物。

那是一条巨大的锦蛇，长度有七米左右，以美女花为背景，在深蓝色的海水里蠕动着身体穿行。锦蛇身上的鳞片，闪烁着沉闷的银色光泽。

影男面对锦蛇大吃一惊，全身陡然间变得僵硬了。

这时，大锦蛇的对面，人体花关闭了五个花瓣。五个美女猛地举起脚，从腰部变成九十度，十只脚遮住五张脸后朝中心聚集，变成大花蕾的形状。这时，大锦蛇弯曲着颀长的身体缓缓沉向海底。

大锦蛇的影子消失后，美人花又无声地绽开花瓣。影男离开身边的两条美人鱼，朝美人花中间游去。那模样酷似前去采蜜的蜜蜂……

刹那间，五朵美女花瓣竖起花蕾，从花瓣伸出十条手臂紧紧地搀住影男的身体。那形状，犹如被逮住的昆虫。影男在盛开的花蕾里恍恍惚惚，像梦，像幻觉。

美女花中的一个美女悄悄晃动了一下影男腋下的氧气瓶，他丝毫没有察觉。美女好像在他的氧气瓶里安装了什么机关。被输入他面具里的氧气，不知不觉地变成麻醉气体。

很快，影男陷入深深的梦境。

魔　幻

也不知昏睡了多少时间，影男突然睁开眼睛。

他察觉周围已经不是海底，居然是不可思议的山脉。

也许还在做梦？刚才是海底，现在却到了山上，肯定是什么魔法作用！他凝神眺望，反复环视四周。

可自己所在位置确实是山上，山峦逶迤，诸峰重叠。而且，自己现在是躺在山里。

“这里应该是东京都内的地下，地下却变成了汪洋大海。我起初潜水来到海底，现在，汪洋大海又变成了山，而且山连着山。”

影男上下打量了一下自己的模样，身上穿的还是刚才被迫穿上的黑丝绒紧身衣裤。

“这里是我支付了五十万日元入场券进来的地方，看来是地下世界、魔法王国。”

他触摸了一下自己的身体，黑丝绒衣裤丝毫没有被水打潮，刚才一直戴在脸上的透明面具和挂在腋下的氧气瓶，不知什么时候已被摘除。

影男又愣了，目光呆滞地眺望无边无际的山景。

咦?

突然，他发现一个奇怪现象。

山不停地摇晃，渐渐暖和起来。不仅如此，山上不长一草一木，光秃秃的，还布满了奇怪的细小褶皱。

他腾地赶紧起身，重新扫视周围，察觉那好像是由无数人堆积组成的山。无数的眼睛，无数的嘴巴，无数的手臂，无数的头发，由成千上万人重叠而成的山脉。

不用说，这些人不是尸体而是活生生的人。活人身着与光秃秃的大山相同颜色的泳装，相互重叠在一起。

影男一想到这里，目瞪口呆地紧盯着模模糊糊的“人山”。

“人山”蜿蜒起伏，连接着高耸入云的遥远山顶。最远的地方布满了密密麻麻的白点，在空中消失。

他摇摇晃晃地站起身来，开始攀登“人山”。他的脚下在晃动，是许许多多人的背、腹和胸部。突然，脚底打滑，一会儿踩在美丽的脸上，一会儿不小心踢了挺拔的鼻子一脚，可没有一个人因疼痛而叫喊，只是继续蠕动，静悄悄的没有一丝声音。

向上攀登了三米左右的时候，他猛地大幅度晃了一下。两个人身体似乎向两边摇晃了一下，霎时，脚下出现了一条狭窄的沟，两条腿被夹在沟里。

与此同时，那片“人山”剧烈晃动起来，沟逐渐变得又宽又深。猛然间，他的整个身体掉到由人组成的无底沼泽地里。

他的坠落仿佛是信号，原本一直保持沉默的“人山”瞬间发出震耳欲聋的声音。成千上万人异口同声狂笑，转眼间变成一种笑声，像大合唱那样在山上回荡。成千上万人组成的山脉，沉浸在旋涡般的笑声中。

此刻，影男又失去了知觉。

过了一会儿，他察觉到又出现了另一个梦之国。

影男站起来，惺忪的眼睛扫视周围，发现那里好像有巨大房间。唯一不可思议的是，没有天花板、墙和地板，取而代之的是缓缓的弧线和曲面。

可能是来自刚才的联想，那些曲线似乎变成巨人的身体线条。

这时候，他发现刚才一直是可以依赖的东西变得柔软暖和起来。他走到跟前核实，那既不是椅子也不是沙发，而是一张巨大靠垫。他又仔细核实一遍，发觉那是一个趴着的巨大身体。

像钟乳石那样悬挂在天花板上的，是又圆又粗又结实的手指，旁边那缓缓的斜坡是巨大的肚子，能清楚看见的是巨大的手臂和胸部。

这样的巨人，现实中不应该存在……

影男提心吊胆地走到跟前触摸，那好像是人偶，酷似孩子们喜欢的那种用丝绸制作的人偶。

其表面是尼龙和乙烯合成树脂材料，光滑，有弹性。那里面也许还有什么装置，因为人偶像活人一样有体温。

然而，大小比实际人体大十倍左右，趴在那里。

影男这时候脑子里产生了错觉，仿佛自己变成了小矮人，像童话故事里的蚂蚁那样在巨人身上向上爬，时而伸展四肢睡觉，时而趴在那里不动。

他透过丝绒服感觉到了柔软、温暖的巨人身体，就像幼时被妈妈抱在怀里时享受的母爱。

突然，正面墙变亮了，不知从哪里射来舞台上的那种灯光。说是墙壁，其实也是巨人光溜溜身体的一部分。

白色灯光下，出现了一对男女舞者。女子身着合体的闪着银光的服装，男子身着合体的茶色服装。两个人的宽腰带上，都插有一把银光闪闪的短剑。

不知从哪里传出美妙的舞蹈旋律，男女舞伴左右分开跳起了舞蹈。音乐声渐渐高昂起来，旋律优雅。两个人跟着音乐节奏，翩翩起舞。

茶色和银色两种颜色时而组合时而分开，时而沿舞台转圈，时而以优美的舞姿一会儿倒地一会儿站起。

不一会儿，音乐速度开始加快，两个人的动作也随之加快，令人眼花缭乱，犹如草原上两匹正在激烈赛跑的骏马。

片刻，两个人同时拔出短剑。手上的短剑在灯光的反射下，闪烁着可怕的寒光，经过相互间一阵猛刺，双方身体都受了伤。

鲜血呈线状向下滴淌……茶色服装上的鲜血变成黑色，银色服装上的鲜血变成鲜艳的红色。

影男看到血极度兴奋起来，不由得又是鼓掌又是喝彩。迄今为止的所有功夫汇集一起，那就是红彤彤的血色，是血的刺激。

影男在血色刺激下，心脏猛地狂跳起来。这种难以抑制的本能，也许是人从远古时代遗传下来的。

现在，影男完完全全地在本能的驱使下，喉咙里发出奇怪的声音，又是鼓掌又是跺脚。

接着，舞台照明灯光变成红色。在这种灯光的笼罩下，两个白色的影子在跳跃，一边狂舞一边大笑。可怕的笑声摇曳着整个房间。

刹那间，原本丝毫没有晃动的地板开始微微摇晃，墙以及天花板都跟着颤抖。

影男见状想赶紧离开，可周围没有安稳的地方。

也许踩痛了巨人？

他心里一阵恐惧，全身变得僵硬起来。

就在这一瞬间，所有的一切都消失了。灯光灭了，周围死一般的寂静。

影男脚下的巨人身体，不知什么时候冰冷得像僵硬的尸体。

“亲爱的客人，满意吗？”黑暗里传来声音。

“还没有结束呢！更精彩、更刺激的节目留在最后。客人也许累了吧？请到那边房间休息！我们为你准备了饮料，陪你聊天。好，请跟我来……”

影男的胳膊被黑暗中伸过来的手挽着，踩着巨人的身体迈开脚步。

解　说

这里是经过现代化装饰的豪华房间，西欧风格，窗明几净，里面的家具和电器都是最新款式，在柔和的牛奶色灯光下银光闪闪。

影男坐在其中一张长沙发上，靠在那里闭目养神。

带他来这里休息的男子坐在对面沙发上，弯腰朝他鞠了一躬。看年龄，男子大概四十岁左右。白白的皮肤，圆滚滚的身材，鼻子与嘴唇之间留有小胡子，酷似善良女人的嘴角，嘴唇泛着红润的光泽。

小胡子眼眶里的那对大眼眸滴溜溜地转动，担心有什么怠慢客人的地方。

这时，眼前出现了一个身着红色服装，年龄十五六岁的少女，她推着一辆银色手推车，车上放有各种各样的洋酒和玻璃杯。

“请选用喜欢的洋酒！我们还为你准备了埃及菲嘎洛烟。”

影男从菲嘎洛烟盒里取出一支烟，少女敏捷地用打火机为他点燃。

烟和酒的美味，使得由于一连串刺激而筋疲力尽的身体顿感舒服极了。

“亲爱的客人，你觉得我们为你准备的节目如何？”

小胡子身着胸前打褶的崭新服装，向前探出上身，和蔼可亲地询问影男。这一连串的举止和他说话的语气，完全是十足的西方味。

“太满意了！我是一个很少佩服别人的人，可今天我算彻底服了。在我的脑海里，留下了难以忘怀的记忆。请问，你是店主吗？对不起，应该称呼你社长吧？”影男晃了一下身体，把拿在手上的白兰地酒杯放在桌上问道。

“哦，让你猜对了。不过，我的名字不能对你说，这是我们这里的规矩。当然喽，我也不能打听你的名字。”小胡子取下夹在嘴唇间的吸管，笑容可掬地回答说。

“嗯，这情况我知道。可这不可思议的秘密，我很想打听一下。东京的地下，竟出现如此奇妙而惊人的世界，到底使用了哪个国家的幻术？”

小胡子听了影男的提问，十分得意地笑了，频频点头。

“你问这个我就放心了。我一直担心，怕被你识破我这个秘密王国的魔术。”

“哈哈哈，果然是魔术在作怪！我被迫做梦什么的，肯定是中了催眠术的邪！”

“没那回事。我要是事先公开魔术的秘密，反而激不起你的兴趣。等到你观看后，我才会在这房间里向你公布。我们为什么要这样做？是因为不希望被人认为是诈骗钱财，牟取暴利。

“刚才让你欣赏的那些节目，都是我们引以为傲的。五十万日元的节目，除了刚才看的，还有其他。

“并且，经过比较，你会觉得迄今为止见到的世界只不过是赠品而已。真正的节目，我等一下对你说。在这之前，我说说我的特别发明。”

“那我当然想见识见识。如果说，那不是梦而是现实，无论如何我都想了解到底是什么魔术，那样才能使我满足。请毫无保留地说吧！”

影男端起酒杯喝了一口白兰地。少女刚才端来的白兰地酒，影男现在已经喝第四杯了。

他背靠扶手沙发，伸展双手和双脚，目光紧盯着对方的小胡子和红嘴唇。

“如果用一句话归纳，是立体展览馆的原理。在日本明治时代，曾有过非常精彩的立体展览馆，想必亲爱的客人你一定知道？”

“非常遗憾，我只是听说，而没有亲眼见过那样的展览馆……”

“其实，我是大正时代出生的，也没有见过明治时代的展览馆，只是从书本上见过。书上介绍说，它好像是法国人在十九世纪的伟大发明之一。

“在这个现实世界里，发明者创造出了一个完全不同的世界。无疑，话剧和电影表现的是另一世界，可它仅仅是舞台上和银幕上表现的另一个世界，即便降低观众席上的照明亮度，也还会留下现实世界的痕迹。

“因此，无论去哪里，电影院也好，剧院也好，都不能使观众本身成为该世界的国民。那是因为，观众的心里，仍然意识到自己是坐在剧院或者电影院里的观众席上……

“那种环境所能给你的，只不过是虚构世界和现实世界混合的感觉，不能进入纯粹的虚构世界。

“能够完全消除那种混合世界痕迹，应归功于立体展览馆的伟大创造者。立体展览馆的造型，是煤气包形状的圆筒建筑。

“首先一到入口，那里有昏暗的隧道般的地道，穿过那里走上楼梯，我们眼前的现实世界就会完全消失，出现的是另一个世界。

“从地道上楼梯的地方，是孤岛那样的狭小观众席，外面是圆形建筑的中心。人经过狭窄昏暗的地道时，与现实世界完全告别，走完楼梯眼前会豁然开朗，预示着一个完全不同的世界。

“那里有大平原，有一望无际的大海，在小型立体展览馆里，有无限的空间，而且连接着遥远的地平线。

“小小的圆形建筑里，为什么可以表现出宏大的场面？那也是展览馆发明者的技巧。

“这种场面的背景，是圆形建筑的墙。那上面是完全可以乱真的油画。地平线上天空，连接着建筑物的圆顶，有蓝天，有白云。观众无论观看场面的哪一部分，都是地平线的延伸。观众的头上，是无限辽阔的天空。

“当时，还很难用上电灯照明，建筑天花板上必须设置采光孔。为了遮掩采光孔，在观众席上面制作了酷似伞状的内屋顶。观众看不见屋顶上面的情况，会误以为建筑物圆顶下的空间是真正的蓝天。

“场面上的数千人物里，有几十个完全可以乱真的偶人，被称为活着的偶人。据说，明治时代就有制作那种偶人的名人。

“在桐木上精雕细刻，涂上绿油抛光。于是，与人一样的偶人诞生了。因此，立体展览馆里的所有偶人似乎都注有生命。

“地面上铺有真正的泥土，种上真正的树，竖起‘活偶人’，再巧妙地配上与背景油画之间的连接线。

“于是，画中的人和‘活偶人’没有了区别。为了让真正的土和油画里的土变得相同，我们想了许多办法。

“狭窄的圆形建筑内部，要达到无限空旷的效果，要达到‘活偶人’与油画里的偶人都是活着的效果。

“我是通过看书得知了像那样的立体展览馆秘密，并打算应用这精彩的原理在地底创造另一个世界，制作世界上绝对没有的立体展览馆，集中最崇高的美。

“这以后我花了四年时间，耗费了一亿资金，终于建造成了这样的世界。资金，我是通过走私贸易筹集到的。

“我说到这里，想必你该明白了吧？你刚才看到的，只不过是直径二十多米的圆形立体全景画馆。

“地底下挖一个圆形洞窟，在洞窟周围的墙上和天花板上挂大型油画布，请画家在上面绘制一幅天空与大海的油画。与明治时代不同，照明灯光都可以间接地从墙上和天花板上自由照射和调节。

“不用说，海洋前面部分是真正的水，可那只不过是小小的池塘，只有一块地方制作成海底谷间那么深，并在那里让美女们布置成盛开的美丽的花。除那一小块地方以外，都是十分浅的池塘。

“那美丽的花，能够变化成无数种盛开的情景。其实，真正的人花只有三朵，那底下的花模模糊糊的，只是用合成树脂制作的。

“那地方有藏在水里的灯光，通过照明上的技巧，形成一种望不到底的深渊和无数鲜花盛开的情景。

“还有成千上万人做成的山脉，也是采用相同的立体全景画的原理。圆形的人工洞窟只有十四五米，真正参加‘人山’制作的只有六十人。

“剩下的，是时装模特儿衣架与油画。实物与油画的分界线被巧妙加工后，变成由成千上万人组成的‘人山’。

“怎么样，我这样向你公开魔术，你好不容易培养的兴趣也许在顷刻间荡然无存了。”

男子的圆脸上浮现出奇妙的微笑，表示话说完了。

“我怎么会感到失望呢？相反，越来越佩服。我时常在研究各种社会上不公开出现但在背后出现的秘密，却一点儿也不知道日本国土上有你这样的人。可以说你是地底下的立体全景画国王！真让我佩服得五体投地。这是一种制作梦幻出售梦幻的买卖！是世界上最赚钱的买卖！”

影男从心底里感叹，希望和这个充满魅力的小胡子交朋友。

“我这里从开张到现在还不到半年，你是被接待的第十六位客人。相信白发老人说的并支付五十万日元入场券的人，半年里居然达到十六人次。这对于我来说，实在是惊讶不已。”

影男微微点头，听完从一开始就让人感到不可思议的魔术介绍。

“哎，立体全景画就两幅，而参加的人数近一百。那么，采用什么办法雇用这么多人呢？如果支付低廉的工资，是留不住他们的……这里有我们的秘密。

“让他们酒足饭饱，让他们尽情做自己想做的事，但不允许他们离开地下半步。当然，这些人中间有自己的亲兄弟，但必须一视同仁。工资是没有的，从某种意义上说，等于是过着监禁生活。

“刚开始时，他们表示反感，可时间一长也就渐渐习惯了，还爱上了这里的工作和生活，觉得这才是世界上最有趣的工作。

“有的与双亲告别，有的与兄弟告别，有的与姐妹告别，毅然加盟这里成了地下居民。此外，绝对服从我命令的有十五六个，一天二十四小时在地下巡逻。”

“啊，照这么说，那些曾经在地上的年轻男女是被他们强行绑架来的？”

“啊哈哈……你就自由想象吧！”小胡子得意扬扬地笑了。

“我最后观看的是‘血舞’，流出的血是真的还是全景画技巧？”

“那血是真从人体内流出的，但剑刺人体内不是很深，当然也不可能夺人性命。可像那样的伤势要达到痊愈，需要相当时间。那两个演员非常喜欢自己受伤和让别人受伤，因此，与那些拿了工资提心吊胆的剑手完全不同。”

小胡子说到这里停顿了一下，微笑着看了影男一眼，随后压低嗓门，脸上露出一副将公开更大秘密的表情。

“我刚才稍稍说了一些，想与你商量更重要的事情。你有没有仅希望在一天里得到自己想要的东西？如果靠你自己的力量可以得到的东西，不属于我说的范围。

“就是那种很想要但怎么也得不到的东西。即使想得到的对象是人也无妨，人也好物也好都行。请想一下，仅一样就可以。

“只要你开口，我们一定通过秘密手段帮助你拿来，满足你的欲望。”

影男又惊讶了。这个小胡子，乍一看表面非常善良，可骨子里恶贯满盈，是一个会让人魂飞魄散的恶棍。

“你是说在这可以体现五十万日元的价值！简直是变相的盗贼！”

“这与盗贼不同，只借用一天，借用完毕就归还，不必担心被人察觉。那里有我们的秘密技术。”

小胡子把两条圆滚滚却短小的胳膊抱在胸前，笑容可掬地答道。

洽　谈

对于影男来说，就刚才亲临的那些场面和风景已经使他满意，觉得付了五十万日元很值得。可小胡子却说那是赠品，还说可以让他得到想要但怎么也得不到的东西。

可难办的是，影男根本没有想要但得不到的东西。

他的字典里还没有“不可能”这样的词，不管什么东西，只要想，就能据为己有，而且绝不是一句空话，说到做到。

“好，我想要现代版的《阿兰京朗布》。太有趣了！就五十万日元报酬，太便宜了。你刚才说，再难得到的东西也能唾手可得。如果你不是开玩笑，那我也就不客气了。

“说心里话，我不需要那样的东西，一直喜欢靠自己的智慧得到想要的东西。因为，只有经过这样的过程才有趣。其实，我也有与你一样的技术。

“所以说，我不想让你真为我干，只是有一个问题想请教一下，那就是你的盗窃方法。你只要告诉方法，我就满足了。

“也就是说我想放弃五十万日元的权利，取而代之的，是想请你举一两个最有趣的盗窃实例。”

影男没有贪欲的这番话，着实让小胡子吃惊不小。他模仿欧洲人的举止朝两侧伸展双手，耸了耸肩膀说：

“你着实吓得我不轻，我也不知道你的尊姓大名，但根据你刚才说的，可以断定你也是这条道上的。我有话要问你，你特别察觉什么了吗？”

“是啊，这也许是你的秘密？说出秘密，五十万日元的价值就没有了！”

“不会，不会，绝不会有那种情况发生。不管什么都尽管说，我的习惯做法是希望对方明白我的心情，包括坏事。从某种意义上说，不声不响悄悄地干，才是不懂道规的恶棍。”

“你太伟大了！我同意你的说法。我想和你成为朋友，怎么样？你能成为我的朋友吗？”

“那我太荣幸了！我一直想开口提这一要求，先生，我们握一下手好吗？好，握手……”

小胡子的手白得像女人，十分柔软厚实。

“我想继续刚才说的话，还是我先说好吗？你的《阿兰京朗布》的秘密……”

“什么，你先说？”

“是的，我说的不会很具体、很详细，仅仅是原则上的推理……”

“好，请说吧！太有价值了。”

“我现在说好吗？欧洲有这样的传说，一个充满智慧的人没有什么不知道的，也没有什么不会的。该国元首要问一件事，便让人把智者请到王宫。

“元首说，听人说你没有不会的，那好，你回答我一个问题。于是，这个充满智慧的男子一个接着一个地解开了元首提出的问题。

“元首提出的都是难题。可对于这个男子来说，没有一个问题可以难住他。即便看上去很难解答的问题，也瞬间被他解开。于是，元首终于吩咐了这样的事情。

“我睡的那张床上的床单，你必须在一个晚上盗走它！但不许碰我！

“于是，那个智者首先与元首的侍者交上朋友。在厨房里，他让侍者制作咖喱汁那样黏糊糊的液体，悄悄涂在元首的床单上。

“元首半夜醒来睁眼一看，发现腰间黏黏糊糊的，赶紧起床察看，发现那是黄色的液体。‘不好，我把大便拉在床上了！’元首慌慌张张地卷起床单，用力扔出窗外。智者笑了，将那条床单拿回家中。

“‘陛下，我按照你说的做了。’第二天早晨，他把床单拿到王宫对元首说。

“怎么样？都是这样的方法。也就是说，抓对方的弱点。像你的秘密也是这样，不管到哪里都不以店主自居，充分利用对方身上的弱点，让对方成为幻想的主体。

“因此，经常从对方那里得到感谢你的报酬。是这样吧？”

小胡子聚精会神地听完影男的“演讲”，跪在地上虔诚地说：“实在不好意思，你说的完全正确，我采取的就是那样的办法。让对方自觉地变成主人公，提高对方的好奇心。每一件细小的事情，看上去形式多样，但都万变不离其宗。在那种场合，弱点越是多的人，进展就越是顺利。但伤透脑筋的是，没有弱点的那种人就是不上钩。于是，不得不采取其他办法。”

“明白了。对付那样的客人应该设圈套。”

“什么？你说什么？”

“我想多半应该采取那样的办法。假设是我，把我当作持有那种物品的人……”

“你太让我佩服了！拜见你这样的贵人还是生平第一次。你是我的知己，让我再握一下你的手。”小胡子使尽力气握紧影男的手。

“曾经有这样一件物品，非常珍贵，还十分有名，并且没人知道它在哪里。有一个人悄悄将它据为己有珍藏起来。

“有一个来这里的客人，偶然得知这种东西，说无论如何想要看一下。可持有者喜欢保密，不愿意让别人知道。于是，像这样的要求就变得很难实现。

“经过反复思考，最终请客人化装，化装成喜欢保密的那个持有者。对于化装，我经过多年研究，备有特殊化装道具，例如假发套和假胡子等，我让客人化装后把他从这里带到地面上。

“另一方面，我邀请那个喜欢保密的持有者参加某集会，采用某种手段拖延时间，再把客人带到东西持有者的房间里。

“在这里，需要设置一个配角。其目的是，在持有者出门前事先窃走装有秘密物品的箱子的钥匙，在持有者回来开箱前再将钥匙放到原处。这是为了邀请那个化了装的客人。

“一切都准备得非常顺利。化了装的客人即便被持有者的家人隔着玻璃发现也不会怀疑，以为主人回家了。达到目的后，化了装的客人逃走了。也就是说，他取代了真正的持有者。”

小胡子白净的脸上泛起了红晕，高兴地笑了。

“其实，很多办法的原理都非常简单，就是实施起来相当困难，稍有闪失和疏忽就会带来不堪设想的麻烦。也就是说，需要没有丝毫漏洞的办事能力和才能。你具有那样的才能，干这样的事业，没有你这样的天才脑袋是不能成功的。嗨，太佩服了。”

“受到你的赞扬，我简直受宠若惊。整个过程完全像你说的那样，确实需要具有指挥千军万马的才能。”

地底王国的主人脸上浮现出平静而又满足的微笑，目光盯着影男的脸。

蛇　　脸

对于以搜寻人生秘密为职业的影男来说，参观地底魔镜和立体全景画王国，也是他最大的乐趣之一，并且从中获得了宝贵的经验。

他从心底里感到满足，在和立体全景画王国主人——小胡子确定亲密朋友关系后便告辞来到地面上。

一返回地面的影男立刻摇身一变以速水庄吉的名义，走进坐落在曲町的公寓。

公寓里，事情堆成山。

扮作速水庄吉的影男立即坐到桌前，一个接一个迅速地处理部下记录的电话内容。在他外出期间，部下山际良子曾打来多次电话。

扮作速水庄吉的影男立即拨通山际良子的电话，拿起听筒放在耳边。

“在我短时间外出旅行时，你好像多次打来电话……”

“是的，我想尽快见到你！是速水庄吉先生非常喜欢的事情，也是先生听后一定会感到兴奋的事情。”

“好，我手头还有两三件等着处理的事，处理完就见你，请今晚七点钟务必来我这里。”

晚上刚好七点的时候，传来了敲门声音，山际良子带着一个姑娘来了。

扮作速水庄吉的影男向来重视时间，如果对方在时间上违约，即便迟到一分钟他也会不高兴。

他立刻开门把姑娘们请到屋里，与她俩面对面坐下。

山际良子是生长在富豪家的千金小姐，穿着打扮都是最新款式，而且非常得体。

她正在S大学攻读硕士课程，今年二十四岁，一个偶然机会认识了扮作速水庄吉的影男。如今，她不仅是影男的崇拜者，还是他的得力部下。

她带来的姑娘，是方圆百里有名的大富豪川波家的小保姆，刚满二十岁，天真，腼腆。此刻，两个姑娘并排坐在扮作速水庄吉的影男对面的长沙发上。

“她叫千代！你一定知道川波良斋吧？她就是他家的小保姆。也是一个偶然机会，我与她交上了朋友，把她当作自己的妹妹。

“今天中午刚过一会儿，她急匆匆地来找我征求意见，问是否应该去报案。我听了详细情况后，觉得那是属于你感兴趣的范畴。你不是经常要我搜集人们的隐私吗？

“她今天带来的就是那种情况，非常精彩。我要她先别去警察那里，赶紧把她带到你这里。现在，请问吧！”

山际良子简明扼要地介绍了大致情况。

“你来得正是时候，就像白天约定的那样，急等处理的工作提前完成了，今晚就慢慢地听你说吧！千代小姐，川波别墅里发生了什么情况？”

川波良斋作为战后的暴发户，在日本几乎家喻户晓。他表面上是制药工厂的董事长，可背地里究竟干什么罪恶勾当无人知晓。他的名字好像与中医有关。在全国富豪前三十名中间，就有川波良斋。

“你见过川波先生吗？”山际良子问。

“没有，只听说过他的名字。”

“听千代小姐说，他是一个充满恐怖色彩的人，好记仇，走路像蛇。”

“是呀，在那些天才富豪中间有许多怪人。”

“可这个怪人不是一般的怪，当他用那样的眼神一眼不眨地看着你时，你会吓得浑身瑟瑟发抖。当他在别墅里走路时，简直像蛇一样没有脚步声……”

“噢，那，到底发生什么啦？”

“总之，是令人魂不守舍的事情！千代小姐，你快说呀……”

保姆千代从进屋开始就一直低着脑袋看着地上。听山际良子喊自己，赶紧抬起头，苍白脸上的眼睛里流露出惊慌和茫然的神色。

“夫人下落不明，可主人一点儿也不着急，也不去寻找。”

“你们家夫人长得什么样？今年多大了？”山际良子在旁边插话。

“我们家女主人很年轻，和良子小姐你差不多，长得也很漂亮，心肠软，平时对我们非常关心。”

“噢？像我这样的年龄，真有那么年轻吗？”

“主人好像怀疑夫人做了什么对不起他的事，经常喋喋不休地向我们打听，主要是问他不在时夫人的情况。

“昨天晚上，一个叫筱田的男子拜访夫人，年龄比夫人稍长几岁，据说是夫人与主人结婚前的朋友。主人好像最恨这个叫筱田的年轻人，只要一听到他的名字，脸色就会骤变。当筱田和夫人聊天的时候，主人回家了。他问我谁来了，我告诉他是筱田先生。不料，主人当场就沉下脸，一副气呼呼的模样。”

保姆千代提心吊胆地环视了一下周围，接着又说：

“主人没有换衣，径直朝夫人与筱田先生聊天的房间走去。片刻，他吩咐我们把咖啡端去。另一个保姆便在厨房里沏了咖啡后端到房间里。接着，主人与夫人以及筱田先生三个人一起，海阔天空地聊了很长时间。

“又过了一会儿，主人对我们说，你们可以睡觉休息了！于是，我们都回到自己房间休息了。那以后也没有发生什么大吵大闹或者不同寻常的情况。如果真的发生了什么，我们肯定会知道。

“第二天早晨起床后，夫人和筱田先生不知到哪里去了。假设筱田先生回家了，夫人应该在家。可别墅里，就是见不着夫人的影子。我们问主人，夫人呢？他回答说，去短途旅游了。我向别人打听，都说没有见到夫人外出，于是，大家都感到奇怪。

“今天早晨，奇怪的事情发生了。别墅院子面积约四千平方米，前院和后院相连接的部分变得十分狭窄，是由于那里的许多树被绳索圈了起来。

“经过调查，拉有绳索的地方不光那里，还一直延伸到后院最深处的树木那里。主人命令任何人不得进入绳索里的区域。

“当知道我们发现了绳索，主人便下命令说：‘禁止任何人越过绳索护栏。’说这话时，他很严肃。

“我想问一下看院子的老人，找了好一会儿就是不见他人影。看院子老人也不知何故走了。听说，看院子的老人根据主人吩咐，突然被派到箱根那里的别墅打扫和清理院子。

“我觉得实在是不可思议，趁没人时钻入绳索里面的区域调查，可除密密麻麻的树木外什么也看不见。这时，不知从哪里传来‘哗’的声音，好像是蛇朝我袭来。”

保姆千代说到这里稍停顿了一下，似乎觉得房间里好像藏有什么可疑的东西，转过脸来紧张地扫视了一下背后。

“我忽地朝那里望去，是主人的身影。他吹胡子瞪眼地注视着我。那张脸，酷似蛇脸！他什么也没有说，只是目不转睛地盯着我。苍白的脸上，眼眶里布满了通红的血丝，嘴里裸露出獠牙般的白牙。”

“奇怪……你家主人长有獠牙？”

“没有，那模样很像，并不是有真的獠牙。我在他那样的目光下，身体变得麻木，僵硬得无法动弹，想大声疾呼可没有声音，就这样直愣愣地站了好一会儿。主人依然盯着我，似乎疯了。

“我思索了片刻，觉得必须赶快逃走，于是使出吃奶的劲儿迈开脚步后退，好不容易离开那里，跑着回到了家。

“大约过了一小时，我们所有用人都被喊到会客室，主人早已坐在那里等候，一见到我们就说：‘今天晚上，我要外出旅行，需要很长时间，因此放你们长假，今天傍晚之前，你们都必须离开这里。’

“说完后给我们一一发了工资。大家也就打点行装相继离开别墅回家了。我在回家之前拜访了良子小姐，与她商量是否去向警方报案。”

“哦，原来是这么回事。”

山际良子接着说：“在去警方报案前，先把这情况告诉你。”

“其他用人怎么样了？也许已经有人去报警了？”

“不会的，我想他们中间没有你说的那种人。”保姆千代答道。

“看到主人那番惊人模样的只有我。我本人一想起那般情景就害怕得不行，也就没有告诉任何人。主人有那样的古怪举止，谁都知道。另外，他给了我们许多钱，我想不会有人发牢骚和感到不满，一定都高高兴兴回家了。”

“他不是有商店和工厂吗？那是怎么安排的？”

“这，我不清楚。我想商店和工厂不会关门休息的，肯定是照常上班。再说商店和工厂都有负责人，即便主人不在，他们也会好好干的。”

“好，我明白了。你先回家吧！山际小姐你也别管了，就看我的！”

“哎，千代小姐，请你画一张川波别墅的平面图。”

扮作速水庄吉的影男把纸摊在桌上，递给保姆千代一支铅笔。

保姆千代一边想一边画，终于画好了。扮作速水庄吉的影男开始提问，包括从别墅里到院子的路线以及所有要道。

“好，这下可要把我忙得晕头转向了，还需要进行各种准备工作。好，你们两位回家吧！再见！”

他说完，笑着站起身来。

脑　　袋

那天深夜，川波别墅的院子里出现了一个黑影。

天空没有月亮也没有星星，一团漆黑。黑影越过围墙钻入院子，穿过树林朝别墅背后走去。

黑色蒙面套遮住了整个脸，只露出两个眼孔和一个嘴孔。身上穿的是黑色紧身衣裤，手上戴的是黑手套，脚上穿的是黑鞋子。

不用说，他便是以一身黑色装束掩护自己的影男。

院子里的树木长得非常茂盛，只有两盏路灯。由于枝叶的遮挡，光线照射的范围非常有限。

黑影此时仿佛使用了隐身术在黑暗里时隐时现，穿过好几道绳索，朝后院走去。

在前院和后院之间用绳索拦住的区域深处，有一小块四周都是树木的空地，大约四十平方米。这里平时没人注意，长满了杂草。

影男隐蔽在一棵粗壮的大树背后，紧盯着那片杂草地。外面的路灯光线几乎照不着那里，随着视线逐渐习惯黑暗后，肉眼可以大致辨别地面了。

那儿的草很短，仅两三厘米高，稀稀拉拉的。这片平坦的空地上，有两个圆圆的石块。

凝神朝那里看，石块仿佛被注入了生命似的在蠕动。

少顷，他发现石块居然是人的脑袋，一个是男人的脑袋，一个是女人的脑袋。两个脑袋之间隔着两米左右的距离，面对面地望着，男子二十七八岁，女子二十四五岁。虽在夜里，女子的脸看上去仍显得特别漂亮。

影男原以为是两颗被砍下的脑袋被谁扔在那里，可转而一想不对，砍下的脑袋怎么会动呢？

他向前探出上身，注视着两颗脑袋与地面之间的部分。脑袋周围没有长草，但有垒起来的泥土。脑袋和泥土之间，怎么也感觉不到有砍切的痕迹，也没有血流的迹象。

忽然，他明白了一切。

太残酷了！两个人被活埋在泥土里，唯脑袋露出地面。

为什么他俩不叫喊呢？无论院子多大，只要一叫喊，附近居民和路上行人应该会听见。

影男的脑子里产生了疑问。

不，他们不是不叫喊，而是无法叫喊，嘴里肯定被塞了布团类的东西。

影男明白后，打算立即跑到那里挖开地面救出他俩。他刚跨出一步，立刻听到从对面茂密的树林里传出“沙沙沙”异样的响声。

不是风声，而是靠近那里的脚步声。

影男想起保姆千代说过的话，肯定是这家的主人川波良斋朝那里走去的脚步声。

果然不出所料，从茂密的树林那里出现的是男子身影。他身着茶色法兰绒睡衣，看上去四十岁左右。影男敏捷地钻到树木背后，黑色蒙面套以及黑色紧身衣裤将他完全隐蔽在黑暗里。对方做梦也不会想到树林里有人在注视着他，慢悠悠地朝两颗脑袋那里走去。

男子手上拿着奇怪的东西，好像是一把大型镰刀和一把锄草的剪刀。被磨过的刀刃，在黑夜里寒光闪闪。

这家伙肯定疯了！好像是打算用刃器割下他俩的脑袋。然而，男子并不打算马上割下他俩的脑袋。

他蹲在两颗脑袋之间，一边转动手上的工具，一边低声地说道：“看见这玩意儿了吧？可我还不想马上杀了你们，你们最好认真听我说。昨天晚上我趁你们失去知觉的时候，把你们埋在这里面。因为，我在女用人端来的咖啡里放了安眠药。等到你们醒来的时候，已经被困在土里了。对不起，你们一定受惊了吧？不过……活该！瞧你们现在这副模样，没有手也没有脚，后悔了？哈哈哈……”

他突然站起身来，用穿着木屐的脚狠狠地踢了一下男子的脑袋。既不能逃又不能喊的男子，只得紧闭眼睛咬紧牙关忍着疼痛。

男子从额头到脸颊上黏乎乎的，多半是渗出的血。

川波良斋转过脸望着女子的脑袋。

“美良子，你为什么邀请这家伙来我家？我不早就跟你说了，不允许跟别人交往？可你把我的话当耳边风，居然背叛我。怎么，你在哭泣？啊！感觉不错吧？我呢，准备用这两种工具割下你俩的脑袋。不这样做，我的气就没法消。”

川波良斋说了这几句，似乎心情平静了许多。只见他慢慢地站起身来，将放在旁边的镰刀拿在手上。镰刀在黑暗中泛着寒光。

他像表演杂技似的将镰刀与大剪刀扔向空中，而后又交叉接住。刃器与风摩擦发出的呼呼响声，伴着夜色的恐怖在黑暗里回响。

解　围

“喂，醒悟了吧？现在我把你俩作为菜肴，说吧，到底拿谁先开刀呢？”

神经错乱的川波良斋一边歇斯底里地狂叫，一边举起镰刀在空中挥舞。

就在这时候，奇怪的事情发生了。镰刀离开了川波良斋的手，在夜空胡乱飞舞起来，仿佛有灵性，镰刀在黑暗里飘浮，不停地朝高空攀升。

啊，多半是因为神在阻止，才发生了如此的奇迹？

然而，川波良斋一点儿也不害怕神，猛然举起第二件武器——大剪刀。可结果，大剪刀也“嗖”地飞了出去。

大剪刀与镰刀一样，在空中扶摇直上。

“浑蛋！”

他大声喊道，欲伸长手臂抓住大剪刀。就在手快要触及大剪刀的时候，不料，大剪刀迅速飘舞起来，瞬间消失在黑暗的夜空中。

两颗脑袋瞪大眼睛，吃惊地望着不可思议的神奇情景。

川波良斋已经精疲力竭，有气无力地蹲在地上。

这时，大树背后出现一个奇怪的人影，悄悄朝川波良斋走去。

一身黑色装束，只有脸上裸露出三个小孔，一个是嘴巴孔，另两个是眼睛孔。那模样让人不可思议。只见他的手上有细细的黑丝，从远处将川波良斋的身体缠了起来。

然而川波良斋丝毫没有察觉，依然像泄气的皮球目瞪口呆地坐在那里。

一身黑色装束的人影踮起脚尖开始迈出脚步，片刻，川波良斋的身体被绑得结结实实。

川波良斋忽然大声嚷了起来。他眼睛看不见了，就连身体也被绑得不能动弹了。他慌慌张张地用两只自由的脚支撑身体，好不容易站了起来。此刻，上半身失去了自由的川波良斋，已经不是黑色蒙面人的对手了。

黑影把川波良斋带到旁边的一棵粗树旁边，将他绑在树上。不用说，黑影是扮作速水庄吉的影男。

影男趁川波良斋朝着两颗脑袋说话之际，用黑色丝线将两把刃器缠了起来。

影男爬到树上，将缠住刃器的丝线升起收回。他随身带有七种道具，其中有黑色丝线，既结实又粗。现在，黑丝线发挥了它的真正作用。

“啊哈哈哈……怎么样？这蜘蛛线只要缠上几道，力量就会很大。川波君，快停止你那荒唐的举动！就这样他们已经够痛苦了。”

影男边说边出现在川波良斋眼前，浑身黑色的装束。

“你是什么人？”川波良斋嚷道。

“我是你不认识的陌生男子，可我不能就这样袖手旁观。他俩仅仅是要好的朋友，并没有越轨的行为，你却要杀他俩，太值得同情了。我决定帮助他们。

“现在，我有事跟你商量。你得拿出打发他俩离开这里和让我保密的钱。请问，你把支票和支票印章放在哪里？告诉我！我去把它取来。”

“休想！我绝不给一分钱！”川波良斋使劲儿晃动只有一点儿自由的双手吼道。

“你说那话太不合情理了！你要是不按照我说的做，你就会声名狼藉。这利害关系你想过吗？你再不说出放支票和支票印章的地方，我就立即报警。警方一到，你杀人未遂的罪名则立即成立，就会锒铛入狱。

“川波良斋被捕的消息一旦上了新闻媒体，你就会臭名昭著，你在社会上的地位和信誉将一败涂地，生意也将做不下去。

“怎么样？还觉得无所谓？你从你几辈子也用不完的财产里拿出那么一小块，这事不就了结了吗？既保住了你的社会地位和名誉，又保住了钱财。希望你认真考虑一下！”

川波良斋听着听着，态度不再像刚才那样固执了，陷入了沉思。

“我想过了，你说得有道理，就照你刚才说的。只要给了钱，今天晚上发生的事情你绝不外传？”

“这是当然的。只要给我较为满意的金额支票……喂，支票和支票印章到底在哪里？”

“在书房保险柜里。”

“书房我清楚，保险柜密码呢？”

“你只要按照‘MEI LIANG ZI’顺序转动就能打开保险柜。”

“哦，那不是你夫人的名字吗？好，请再忍耐片刻！让黑丝线在你身上再待一会儿。虽说仅仅是一些丝线缠在身上，可你是逃不走的。”

影男说完，取出一根绳索，将川波良斋牢牢地绑在树干上，随后消失在黑暗里。过了一会儿，他抱着各种各样的东西返回来。

有被埋在土里的那两个人的衣物，有铁锹，还有支票、钢笔和支票印章等。

影男先将衣物和铁锹放在地上，接着为川波良斋稍稍松绑，让他的两只手获得自由，再用手电灯光照亮他的面前，递上支票和钢笔让他开支票。

“我可以代你写，但最好还是你本人写比较放心，是吧？我无意夺走你的所有财产，只是希望你从巨额财产里取出一小部分即可。嗯，给他俩一百万日元，给我一百万日元，两项合计两百万日元，怎么样？很便宜吧？”

川波良斋不打算接过支票，一声不吭。

“啊哈哈哈……你是怜惜这两百万日元，还是觉得不该让他俩生还？是啊，还要奉送他俩一百万日元？不合算？好，你仔细想一想吧！

“这两个人如果就这样放走了，他们既没有吃的，又没有住的，走投无路的时候，肯定会去警方那里报案。给一百万日元是堵他们的嘴！只要得到这笔钱，他们就会把仇恨一笔勾销。

“怎么样？这都是为了你的安全而想出的办法。你只要按我这样的思路想，一定会觉得便宜……好，快写上金额和姓名吧！别弄错了哟，一共是两百万日元！”

川波良斋是生意场上的赚钱好手，尤其在考虑利害关系方面，头脑反应特别灵敏。他细细想了一下蒙面人对自己的劝说，觉得确实在理，便一把接过支票，拿在手上填写了金额和姓名。

影男在支票上盖上印章，撕下支票后将支票簿、印章和钢笔塞入川波良斋睡衣的袖子深处，用细丝将他再次缠紧，使他恢复原来不能动弹的模样，再在他的嘴里塞上布团，让他喊不出声音。

“好，川波君，这其中的一百万我肯定会交给他俩。今晚你做的一切，我和他俩绝不会说出去，他俩也绝不会记你的仇。这，你用不着担心。”

影男说完背朝着川波良斋，用铁锹开始挖土。大约三十分钟后，两个人分别被从土里挖了出来。他们穿上衣服后打算离开这里。

这时，影男又朝着川波良斋说道："川波君，这两个人就交给我了。你就这模样再忍耐一段时间！等到明天早晨我从银行里取出这笔钱后，会让人来这里帮助你松绑的。届时，你必须说是盗贼把你绑起来的，否则，你会自找苦吃。听明白了吗？你必须坚持到明天上午。好了，再见！"

委　托

影男没有食言。

第二天上午十点，一个流浪者打扮的男子出现在川波别墅的院子里，为川波良斋解开了绳索。

“你是昨晚那个黑蒙面人的部下？”

一取出塞在嘴里的布团，川波良斋便迫不及待地问了起来。

“部下？什么部下？你瞎说什么呀？我在前面银行门口晒太阳，有一个怪家伙朝我走来，给了我五千日元。

“说什么朝后走不了几步有一幢川波别墅，院子门敞开着，你直接进去到后院，该别墅主人被绑在一棵大树上，你去给他松绑。

“我没有立即同意，他又对我说，你如果为那家主人松绑，还可以获得许多赏金。快去吧！于是，我就试着来了。”

川波良斋不由得感到纳闷。

蒙面人到底是干什么的？办起事来说到做到，讲信用！他暗自感到佩服。

“是啊，谢谢你为我松绑！跟我来，给你钱！”

川波良斋说完走到书房里取出几张一万日元的纸币，递给流浪男子。

那以后的几天里，川波良斋闭门不出，觉得心情很压抑，推说身体不舒服，既不去工厂也不去公司，独自在家喝酒消愁。

在家休息到第六天的时候，一位小个儿男子登门拜访。

“我是为一件重大的事情登门拜访的，我的身份和姓名写在名片上。”

小个儿男子递上名片。

川波良斋接过名片扫了一眼，不由得抬起头惊讶地望着对方。

杀人承包公司　须原正

名片上居然是这样的内容。

“哦，你看了我这张名片感到大吃一惊，也不无道理。可像这种让人担惊受怕的名片，我可不是什么人都给的。这张名片上的内容并不是用来吓唬人的，而是确有这样的公司，也确实经营着这样的业务。我就是该公司的经营者。我想你看了这张名片之后，一定会很感兴趣的……”其貌不扬的小个儿男子须原正说到这里竟厚颜无耻地笑了。

“……所谓杀人承包公司，是不是承接杀人业务的公司？”川波良斋用十分惊愕的语气反问。

“是的，客户支付报酬，本公司负责杀人。”

川波良斋从未听说有这样的公司，因此怀疑小个儿男子是一个精神病患者。

他脸上故意露出不高兴的表情，用眼睛瞪着对方问道：“请问，你凭什么说我对这样的公司感兴趣？”

“啊哈哈哈……其实呀，你家五天前那个晚上发生的情况，我一清二楚……为此，我特地登门拜访川波君。”

川波良斋这才明白对方的来意，气得真想扑上去，可他还是按捺住了自己激动的情绪，若无其事地说：“五天前的晚上，我家发生什么啦？”

“哈哈，你不要装什么糊涂，我都清楚。我也绝不会透露给任何人听，因为，我公司的经营理念是顾客至上。再说，你将成为我们公司的大客户。当然我只说这么几句，是不会得到你信任的。现在我就说说关于你，我们所了解的一些情况吧。”

于是，小个儿男子须原正把那天晚上发生的经过，前前后后说得有鼻子有眼的，十分详细。

尽管这样，川波良斋还是不信，一声不吭地瞟了小个儿男子一眼。不料，小个儿男子说得更详细了。

“那好，实话告诉你，就连你不知道的情况我也清楚。当时，有一个不明身份的蒙面人让你受了一夜的苦。”

“什么？你说什么？你认识那个蒙面人？”川波良斋不由得把脸凑上前去询问。

须原正见对方着急起来，故意变得慢悠悠起来，语气也更平静了。

“那家伙什么坏事都做，假姓名至少五六个，精通魔术，人称魔术师。

“事实上，我公司曾为了借助他的智商聘用过他，他教唆了我们许多杀人手法。可教完后却说他讨厌杀人，擅自离开了公司。

“从某种意义上说，他是一个危险人物，我公司在尽最大限度收集他的行动和信息。因此，我们清楚他与你家发生的事件有关。”

须原正一五一十地道出了一切。

他觉得，这样说了，川波良斋一定会委托他公司杀人业务。川波良斋反应迅速，当然希望与这家公司进行这样的交易。

“那么，你今天拜访我的理由呢？”川波良斋故意装糊涂，问对方。

“我觉得你需要我们这样的公司，尤其是这几天。”

“那，承包金额呢？”

川波良斋终于问到了最关键的合同要素，目光里流露出认真的神情。

“我们根据具体情况定价。有的容易，有的难度很大，还有要评估委托人究竟持有多少财产等等，根据这些情况定价。”

“像我这样的情况，应该支付多少才能与贵公司成交呢？”

“合同对象是筱田君还是尊夫人？”

“两个都是，再加一个，一共是三个。”

“是不是再加上那个蒙面人？”

“是的。根据你刚才介绍的，他曾经受雇于你们公司，你们会按照合同履行吗？”

川波良斋这么一说，须原正不由得笑了。

“那家伙是擅自离开我们公司的。在同事关系上，他与我们早已一刀两断。还有，他与你这样的大人物为敌，也就是我们的敌人。”

“噢，原来是这么回事。那么，委托贵公司除掉他们三个人需要多少钱？”

“让他们三个人从这个世上消失就行了是吗？关于除掉他们的手法，你有什么特定要求吗？不用说，要除掉那个黑色蒙面人是另外一种价格。你不加倍，我们就不能接受委托。

“至于价格嘛，最低两千万日元，另外两个嘛，每人是三百万日元。你能接受这样的价格吗？

“还有，我们的步骤和方法等都必须事先经过你的认可。至于付款，等到事情成功经过你认可后再请你支付。”

“你们履行合同以后，有没有发生过委托方不履行合同义务的情况？”

“哈哈哈……我们从来没有那种担心。如果发生那种情况，委托人本人也将从地球上消失。再多的钱，也是换不来生命的。最后，委托人都是不折不扣如数支付合同金的。”

“那，委托贵公司合同期是多少天？”

“两个人是一个月，那个蒙面男子是两个月。”

“行，我们现在干杯，表示一言为定。”

两个人立刻成交了这笔生意，川波良斋拿来洋酒和两个玻璃杯。

“好……”

“预祝成功。”

两个人的玻璃杯轻轻地相撞后，两个人你看着我，我看着你，哈哈大笑起来。

施 毒

那以后一个星期过去了。

筱田和川波美良子悄悄地住进了吾孺町的一家公寓。

两个人为报仇租借了这家公寓，没让任何人知道。

一天，筱田瘸着腿从外面回来。在回家路上，一幢正在建造中的建筑物上突然掉下钢筋，落在他的脚脖子上。

“还算是不幸中的大幸，若不偏不倚掉在脑袋上可就完了！”

“是谁扔下来的，你没去问吗？”川波美良子问他。

“我去那家建筑工地办公室了解过了，他们说不可能有那样的东西掉下，还直摇头一连说了好几遍不可思议。”

算不上什么重伤，筱田整天闭门待在家里，不由得感到厌烦起来。

一天，筱田又外出逛街散步。正当他在大街上慢悠悠行走的时候，对面驶来一辆轿车，由于这条路上车少，车在高速行驶，刹那间驶到筱田跟前。

筱田见状赶紧躲闪，可由于脚伤还没有完全痊愈，不可能按照想象的那样奔跑。眨眼间整个身体倒在马路上，敏捷的他赶紧就势朝路边滚去。

轿车轮胎发出吼声，仅两三厘米之隔，从他的身边驶过。

筱田吓得全身冒出冷汗，急忙抬头察看车尾。可还未等他看清车牌号码，那辆车已经沿着路转弯消失了。

“奇怪！那辆车似乎是冲着我来的，企图轧死我。不是出租车，而是自备车，但是……”

筱田回到家里说了这一情况，吓得川波美良子魂飞魄散。

“你最近接连两次外出都遇到这样的怪事，我看可能是……”

“什么！可能是……”

“川波良斋肯定发现了我们居住的公寓，寻找机会杀我们。那家伙已经到了丧心病狂的程度，往后我们得加倍小心才是。”

“你是不是神经过敏？你说的那种情况怎么可能呢？”

筱田为不使川波美良子过分担心，故意装作若无其事的模样安慰说。

这时候，传来咚咚咚的敲门声。

门外走廊上站着公寓业主的夫人，年龄四十五六岁，是一个和蔼可亲的女人。

YTZF
HOTEL

“这是邮递员送来的。”业主夫人递上大邮包。

两个人接过邮包一看，寄件人是速水庄吉。这个叫作速水庄吉的人，就是上次把他俩救出火坑的大恩人。

邮包里装的是大颗的巧克力，形状奇特。也许是大恩人为安慰他俩寄来的？筱田最喜欢吃巧克力，赶紧从盒里取出一颗巧克力塞入嘴里。说时迟那时快，川波美良子伸出手一把夺下那颗巧克力。

“别忙着吃……”

“为什么？”

“也许是我多虑？！我总觉得这巧克力有问题。这期间你接连碰上好几回倒霉事，我敢断定巧克力里有什么毒物，暂时还是不吃为好……”

筱田笑了。

“哈哈哈……你神经真的出问题了。速水君不是我们的大恩人吗？”

“不过，也许有人会借速水君的名义寄来。在没有打电话向速水君核实情况之前这巧克力不能吃。”

川波美良子三步并作两步匆匆忙忙打电话去了。片刻后，只见她脸色苍白地回来了。

“果然不出我所料。速水君说没有寄过什么巧克力邮包给我们，还劝我们赶紧搬家……”

两个人相互望着对方，好长一段时间谁也没有开口。此刻，在他们的眼前，不停地浮现出川波良斋那张杀气腾腾的脸来。

“哎，我感觉速水君也是一个不可思议的人，虽说是他救出了我们，可他是为了敲竹杠从川波良斋那里获取钱财才救我们的。”

“是呀，我也一直有那种不放心的感觉。我看这盒巧克力还是送给警方吧。你说呢？”

“那不太合适，我们这么一送，势必会给速水君添麻烦。哎，我有一个好主意，为这我已经考虑好几天了……”

川波美良子的目光显得炯炯有神起来。

“你知道我们日本第一大侦探明智小五郎吗？是否去他那里咨询一下？这盒巧克力最好也请他分析一下。”

“这主意太好了！好，我马上去他那里。”

“现在就去吗？可我担心有人跟踪你，请一定多加小心，否则……”

“我会一路上不停地换乘出租车，并且绕远路去那里。我想即便有尾巴也可以甩掉。”

两个人接着又商量了一阵子，川波美良子还将电话挂到明智侦探事务所询问地址以及路线。

筱田带着那盒巧克力出门了。大约过了两小时后，他又匆匆赶了回来。此刻天色已经暗淡。

“一路上没有碰上什么险情吧？”川波美良子见筱田平安无事地回来松了一口气，问他。

“我一路上接连换了好几辆出租车，每换乘一次就仔细观察身后，等到核实没有尾巴再喊出租车。所以，绝对不会有尾巴。”

筱田放心地坐在沙发上。

“那盒巧克力里果然含有氰化钾毒物。”

“啊，果然有毒……那，明智大侦探说了一些什么？”

“他说搬家或换公寓，要让对手不察觉是很困难的。有关速水君的情况他非常清楚，好像曾经为了什么案件调查过他。他说速水君是一个十分狡猾的歹徒。至于正在追杀我们的不是川波良斋本人，而是第三者，是一些职业杀手。”

“这么说是川波良斋委托他们干的？”

“大侦探说很有可能是受川波良斋的委托。他好像知道得很详细，但说得不是很具体。”

“那，下一步我们该怎么办？你问了吗？”

“当然问了。他说，如果想搬家也可以，不过要十二分地小心和保密才行。具体方法他没有讲，只是强调他会在暗地里保护我们的安全。并说是免费接受委托，无须任何报酬。他还说对速水君以及那些职业杀手抱有浓厚的兴趣，愿主动承担这项侦查任务。”

“就那些？不要紧吗？”

“我对他说我不放心，可大侦探劝我放心，不需要任何担心。”

“是吗？”

两个年轻人一番对话后战战兢兢地互相望着。现在，他们唯一企盼的是明智小五郎对他们的口头承诺能够兑现。

挣　　扎

那以后又过去了三天，什么情况也没有发生。

两个人小心翼翼，整天闭门不出，也不弄出任何声响。第四天下午，速水庄吉打来电话：“我在麻布找到了不是专门出租的房子，打算带你们去看。一个小时后，我让司机驾驶我的自备车来接你们，你们看到车来了就乘上去，我在那里等你们。”

片刻后，大门口传来引擎声，司机手拿速水庄吉的亲笔信来了。

你们看房以后如果喜欢就搬家，因此，行李不必带上。这司机非常细心，跟随我很长时间了，你们就放心乘坐吧！

速水　敬上

俩人上车时环视了一下周围，核实是否有可疑的人物。司机有四十五六岁，看上去像一个老实人，脸上总是笑嘻嘻的。

车驶过隅田川后从浅草驶向上野。

“速水君是在那里等我们吗？”川波美良子坐在后排座位上，小声问司机。

“是的，他在那里和业主说话呢！不会有错。”司机回答说。

车行驶了近五十分钟，在六本木附近某欧式旧别墅门口停下，进入玄关后，出来一个三十岁左右西装革履的青年。

两个人跟着青年人朝里走去，经过走廊进入房间。川波美良子又问：“速水君在哪里？”

“他正在那面的房间里跟别人说话呢！请稍等片刻。”

男子说完，两个人重新观察了一下房间。

房间里感觉有一种说不出的异样氛围，面积不到十平方米，正中央放有一只小圆茶几和两张长沙发。沙发做工十分粗糙，除此之外没有其他家具，而且连一扇窗户都没有，暗得即便是白天也得开灯。

四面都是墙，贴着花花绿绿的墙纸。整个房间看上去很陈旧，唯墙纸很新。

很长时间过去了，没有一个人来接待他们。两个人开始不安起来。

筱田焦急地站起身打算推开房门，可门不知什么时候被反锁了。

“有人吗？快把门锁打开！速水君，你在哪里？”

这时，不知从哪里传来回答的声音。

“速水君不在这里，有人借他的名义把你俩诱骗到这里。”

声音好像是从喇叭里传出的。筱田不由得抬头望了一下天花板。原来在天花板角落处装有正方形的扬声器，声音是从那里传出的。

“哎，我们只是来见速水君的，如果他不在，请让我们出去。”

“邀请你们的不是速水君，而是我们！”

“那你们到底是什么人？”筱田急躁起来，大声问道。

“我是职业杀手。”

“这么说，你是受雇于川波良斋的职业杀手？”

“谁雇用我的，这不能说，因为那是商业秘密。”

这时，川波美良子拽了一下筱田的袖子，用胆怯的目光紧盯着靠近天花板的墙壁。

那里嵌有一块玻璃，是一个边长三十厘米的正方形小窗，窗子另一侧好像有什么影子在晃动。仔细一看，是一张男子的脸贴在玻璃窗上。

“喂，你找我们干什么？”筱田急切地问道。

于是，玻璃窗外的男子嚅动嘴巴，声音从扬声器里传出。

“好，我告诉你们。一个月前，这房间门外就已经是墙了，门外有一个大坑，坑里堆有许多砖，一旦用水泥和砖把门砌起来，你们就再也看不到门外的走廊和墙了。也就是说，从外面看不可能察觉到砖墙背后有房间。这一切意味着什么呢？

你们就慢慢地琢磨吧！”

短短这么几句话后，窗外那张脸便消失了。眨眼间，小方窗外便暗得看不见，好像被一块板子盖住了。

筱田思索片刻，眼下只有把门撞破逃出去才是。于是，他开始使劲儿用肩膀撞门，可门岿然不动，尽管他撞得满头大汗，但仍不见效果。万念俱灰的他，垂头丧气，一屁股坐在椅子上。

既然门撞不开，得想法子把锁弄坏。

他在口袋里搜索着，希望能找到刃器。可不凑巧的是，口袋里连一把小刀也没有。而此刻，脑子里还时不时地冒出那个怪男子，使得他更加焦急起来。

筱田不甘心就此坐以待毙，又在花花绿绿的墙纸上不停地到处敲打，企图寻找让自己可逃生的洞口。

也许墙纸不是专业人员所贴，粘得不怎么牢，几经敲打后纷纷脱落，裸露出白色的墙来。墙上，布满了横一条竖一条的痕迹。

“咦！”

筱田紧盯着痕迹，不由得喊出了声。那横七竖八的伤痕连起来看，好像是告示模样的内容。

“这里是杀人房间，杀人承包公司要杀我。”

原来，这房间是专门为用来杀人而建造的。

筱田终于醒悟了，他又把边上的墙纸撕开。于是，出现了好几块这样的伤痕，是一封封匿名墙书。

“门外传来奇怪声音，快过去一个小时了，似乎一块块砖被水泥砌了起来。等到砖墙砌起来，房间就将变成完全的密室，他们打算让我窒息而死。”

这条墙书内容，让筱田知道了即将发生的事情。他把耳朵贴在墙上，但没有一丝声音，墙外静悄悄的。

他接着又撕开旁边的墙纸，又出现了墙书。

“我思考的全部是错的，那家伙终于告诉我实情，是用煤气毒杀我。我一开始还以为是要把我饿死，后来以为是窒息死亡，可他们的杀人手段不会那么善良。

“据说，那家伙要在天花板那里隔着窗看着我死去，为此一直开着灯。现在，距离被杀的时间越来越近。终于，杀我们的人出现了，就是那张隔着玻璃窗窥视房间的脸。

“我看清楚了，那家伙不是杀人承包公司的男子，而是那男子的脸。”

不知不觉地，川波美良子也站到了筱田的身边，全神贯注看着墙书上面的内容。两个人把凡是手能够触及得到的墙纸全部撕去，于是出现了很难看懂的文字内容。

“啊，有声音！是煤气声音！已经无路可逃，痛苦极了。救命！”

川波美良子看着看着哭了起来。后面只是手指抓的印痕，没有写成文字。不知是谁先伸出手来，两个人的手紧紧地握着。

这时，不知从哪里传来“咚咚咚”的声音，是门外传来的。

两个人吃了一惊，朝门那里望去，只见吱的一声门开了，进来的是那个刚才送他们来这里的司机。他的腋下夹着一个大包，是用报纸包的。他奸笑着朝筱田和川波美良子走来。

观　　赏

“好，斋木君，辛苦了。进展得差不多了吧？”

说话的，是杀人承包公司的须原正。

被喊作斋木的是刚才的司机，他脱掉上装，在用水泥砌砖。这家伙好像深得须原正的信赖。

门墙的砌墙工作已经开始。

“房间里面的两个家伙怎么啦？怎么静得连一点儿声音也没有？”

须原正看了一会儿斋木的手，好像察觉到了什么。

“刚才须原君隔窗窥视以后，那两个家伙开始看起了‘墙书’呢！现在仿佛是两张幽灵的脸，他们蹲在墙角那里。”

“墙书这玩意儿，还真有效果呢！他们好像在竖耳听你砌墙的声音。墙书的内容给了他们暗示……”

“是呀，这俩人就像被捕鼠器逮住的老鼠。须原君，委托人来了吗？”

“嗯，已经来了。等墙砌完了再把他喊来。”

两个人小声地相互说着。少顷，门墙被砖完全掩盖了。接下来，只需用泥灰在砖墙上涂一层就完工了。

“好，我去把委托人喊来！”

须原正见墙已经砌起，说完便走了。过了一会儿，他与川波良斋并肩走了过来。

“马上就要全封闭了，怎么样啊？”

“窥视窗呢？”

“瞧，就是那扇窗。请你站在竹凳上看吧！把那木盖朝上掀开，里面是厚玻璃窗，可以防子弹。即便房间里有子弹射向玻璃，也是白搭。”

川波良斋的眼睛里闪射出异样的目光，打开木窗隔着玻璃朝里窥视。

“在，在，他俩靠着这边的墙趴在地上，虽看不见他俩的脸，但能看见衣服下摆和脚……喂，美良子，我的太太，还有那个筱田，听见我说话的声音了吗？”

然而，房间里的两个人不答话。看来，他俩通过墙书内容已经明白即将发生的事情，正等待着这一时刻的到来。事实已经如此，他们也许不再那么惊慌失措了。

“喂，两个人大概知道门外已经被墙封住了吧？里面完全成了密室，快竖起耳朵听！有奇怪的声音！是煤气！哈哈，再过一会儿，这房间里将煤气弥漫，送你俩去天国。你们即便不吱声，可你们马上会痛苦得难以忍受……好了，须原君，快开煤气，打开煤气……”川波良斋俯视着须原正的脸，大声催促。

“已经在喷射煤气了！”

“嗨，真是这么回事！黄色烟雾在地上爬行呢！瞧，这两个家伙在不停地颤抖呢！哇，已经蔓延到窗前了，我已经看不见里面的情况了。

“美良子，筱田君，你们在哪里呀？啊，还能朦朦胧胧地看见。瞧，他们在垂死挣扎！

“幸亏有那个速水君，我可以一连两次欣赏他们的惨相。太高兴了！太高兴了！啊哈哈哈……”

川波良斋高兴得险些从竹凳上掉下来，好在须原正眼疾手快，跑过去一把抱住了他。

“怎么样？我公司的工作进度，瞧，就连墙也砌了起来，只要墙面一干，从外面看根本察觉不到里面是房间。”

须原正得意地说道。这时候，正巧司机完成了最后一道砌墙工序。

“接下来，要用砖将这扇窗封住。这么一来，这幢建筑物里的一个房间等于消失了。

“为了实施这个计划，我们买下了这幢房子。今后，我们绝对不会把房子租借给任何人。这消失的房间，必将成为永远的秘密。

“这项工作，是我和司机俩完成的。公司里还有两个合伙人，但他们与这项业务没有直接关系，绝不会走漏半点儿风声。

“司机叫斋木君，主要职业不是司机，而是公司的中层干部，我的第一助手。如果有走漏风声，我可以肯定是从川波君的嘴里！因此，请你一定要守口如瓶，这关系到我们两个人的前途。”

川波良斋连连点头。

“嗯，你们不愧是职业杀手！太谢谢你们了！可还有一个没有除掉呢！就是那个叫速水庄吉的怪人。”

“是的，下一步就轮到他了，你就等着看好戏吧！一定让你看到更新奇的杀人手法……请看，这房间就这样不留丝毫痕迹地在我们眼里消失了。”

斋木将窗外的墙砌完，从竹凳下来。

“接下来，我会在这里安排一个管理员，让他管好这里，保证不出任何差错。这一点请相信我，好了，再见……”

川波良斋借刀杀人终于达到了自己的目的，再说，须原正的一番话又使他感到了满足，很高兴地走了。

合　作

一天下午，天气晴朗。

从东京灵岸岛到炮台的海上，有一艘船在那里缓缓地行驶。船上，两个男子正在愉快地交谈。

天空没有一丝风，阳光明媚，海面风平浪静。

“我们曾经在空中游览车上说过秘密的话，现在看来还是船上最安全。海上密谈，这办法真是太妙了。”

小胡子男子的眼睛里闪露出兴奋的目光，一边环视周围一边微笑。

“是啊，这里是我们商量杀人方法的最佳场所。须原君，你会游泳吗？”

“当然会，我可以在海上轻松地游上十公里。佐川君，你呢？”

这两个人，一个是杀人承包公司的经营者须原正，一个是该公司的顾问，即扮作佐川春泥的影男。

“年轻时，我曾经横渡过东京湾……我们不必担心被海水溺死。”

“接下来是凶器。”

“是的，你带着什么？”

“我带着这个。”

须原正说完，从口袋里取出一把黑色小型手枪放在手掌上吓唬对方。

“啊，我们俩都没有忘记护身工具。我也带着呢！”

影男也从口袋里取出手枪让须原正看，竟是两把完全相同的武器。

“你这手枪口径是二十五毫米吧？跟我这支相同，枪柄上有一个飞马浮雕图案！哎，让我看一下！”

两个人交换手枪后，相互都放在手掌上打量。两支手枪从枪口到枪柄，没有不同的地方。

“在凶器上我俩打平手。”

两个人放声笑了。

“好，把枪放在口袋里吧！今天，我们不是来这里格斗的。”

两个人取回各自的手枪放入口袋里。

“今天，我还想借助你的智慧。上次你制订的‘泥沼地杀人手法’简直太妙绝了！请你再想一个与之相似的办法，就一个。”须原正吹捧扮作佐川春泥的影男，望着他的脸说。

“那我明白。不可能有其他事。可上次杀人现场把我吓坏了，今后再也不用了。是啊，太残酷了！事后我自己也感到害怕。说心里话，我一直不想见你。今天，我还是愿意帮你合计合计，因为，这里面是有一点儿原因的……”影男也一反常态说起了恭维的话。

“那好，我们就开始谈正事儿吧！事情是这样的。最近，我接受了某大富豪要惩罚某青年绅士的委托，对方答应支付相当数额的报酬。如果大功告成，我将支付给你五百万日元。不过，你必须提供一个绝妙的杀人方案。”

船摇晃着，摇得两个人的心情进入最佳状态。没有风的天空呈蔚蓝色，和煦的阳光照得身上暖洋洋的。此刻，两个人的谈兴越来越浓。

“好，我提供一个珍藏了多年的绝妙方案。为了五百万日元，我就把它奉献给你了。可你得到的钱是我的几倍呀！”影男笑着讽刺须原正。

“哦，充其量也只不过是两倍，稍有差错会殃及我自己。那家伙很难对付，属危险人物。因此，再给一半‘金点子’奖励费。”

须原正信口开河。从川波良斋那里得到的报酬应该是两千万日元。也就是说，是除掉眼前这个影男的代价。

须原正让接下来就要死在他手下的影男提供杀人方法。影男似乎并没有察觉到对方的用意，探出上半身朝着须原正滔滔不绝地说着。

“我提供的绝妙杀人方案，是密室。”

“什么？”

“也就是说，让杀人的房间变成完完全全的密室，没有凶手逃走的漏洞。尽管那样，那个密室里留下的只是尸体，却不会留下杀手的身影。密室杀人，从古到今大约有一百种方法，但我想出的，是迄今为止没有过的新方案。不过，我告诉你，我总觉得跟你有缘。”

“谢谢，我一定报答，也请你一定要帮助我。”

须原正的脸上高兴得大放光彩。

“说来也凑巧，我正在建造一个砖结构的书房，就借给你使用吧！再过两三天就要建成了，当然只是借给你，可一旦变成杀人现场，那我就不能再派其他用处了。建这幢书房，我耗费了三百万日元巨资，作为实际费用，还得请你支付三百万日元，好吗？”

“三百万日元？那，你一共需要八百万日元吗？稍稍高了一点儿，是不是有其他便宜一点儿的建筑？”

“哈哈哈……你又吃惊了？可如果不使用我的书房，就发挥不了作用。我解释一下你就明白了，但你必须先支付费用。我的智慧都在脑袋里，先说了就变不成钱了。”

“钱我是准备了，可那是五百万日元的打算，因此我只带了这些。”

须原正从口袋里取出支票。

“那我就先拿这些吧！剩下的，你必须在计划正式实施前支付完毕。”

影男核实了支票后放入口袋，脸上的表情变得更认真和严肃了。

“好，我相信你，现在就告诉你吧！就密室来说，有各种形式，不管怎么怀疑，但在解开密室谜之前是无可奈何的。因此，只要能制作不能完全解开的密室，就能神不知鬼不觉地实施犯罪……”

影男又滔滔不绝地说了二十分钟左右。

须原正专心致志地听着，听完后不由得拍了一下大腿称赞道：“好，原来如此，你说的密室诡计太妙了！如果按你说的去做，不管什么大侦探都休想明白其中奥秘。谢谢了！那，什么时候可以实施呢？”

“建筑物已经建好了，我想越快越好。”

“那，砖墙书房在哪里？”

“在世田谷区边上的芦花公园旁边！”

“我想去看一下。”

“行。那就后天晚上八点左右来看吧，请准时光临我在世田谷的家。届时，书房里可能已经放好家具了。”

影男详细地说了去他住宅的路线。

“好，一言为定。你的智商可谓超众呀！真让我佩服得五体投地。万没想到你居然有这样的好主意。”

须原正嘴里不停地夸奖，心里却在嘲笑。

“哼！这家伙还不知道自己已经死到临头了，居然还向我献上杀他自己的方案。比较起来，还是我胜过他一筹……”

身材瘦小的须原正站起身，带着喜悦和自信回去了。

谋　杀

第三天晚上八点，须原正准时按照约定前来拜访影男。

影男亲自到玄关迎接须原正到主屋，又是劝酒又是劝吃地款待须原正。

这一带属郊区，住家很少，显得寂静而又冷清。别墅里也是静悄悄的，有一种人去楼空的感觉。

“有其他人吗？”须原正觉得有点儿异样，便问道。

“哦，平时，我只要一到这里居住，用人就会跟着来这里侍候。今天例外，就我俩在这里，对你对我来说是最方便的。因此，我独自等你一直等到现在。”影男回答说。

“你上次说的，我完全理解，可还是想到实地来看一下……”须原正说着站起身来。

两个人拿着手电来到院子里。

一进入树林没走几步，眼前便出现了一幢奇妙的建筑，占地大约四十平方米，采用红砖砌筑，尖尖的屋顶上铺有石板瓦，高高地耸立在夜空下。

在参观建筑物内外的过程中，影男花了三十分钟左右的时间进行了详细解释。

“明白了，这方案太妙了！一定很顺利。”

须原正一字不漏地听完影男的解释，满意地点点头。

实地考察结束后，已经是九点多了，两个人沿着林荫小道回到主屋。

“太奇怪了！我到现在还不曾问过那个即将被杀人的姓名。”

黑暗里，影男想起这事直嘟哝，被对方听见了。

“什么？”

“我在说，贵公司接受委托惩罚的对象是谁？也就是那个被杀人的姓名。”

“哦，哦，你问这个情况？那家伙嘛，其实是一个很难对付的人，诡计多端，称得上天下第一。专门从事窃取别人隐私的勾当，从中诈取钱财。他手段高明，思路敏捷，迄今为止还一次未曾落到警方手里。据说，那家伙还把自己扮成大作家！”

须原正在黑暗里一边偷笑一边说。

影男吃惊地停住脚步。

“哎，你说的那个家伙还真有点儿像我呢！”

“是呀，这么一说，倒还真有点儿像你。”

“那他叫什么名字？”

“名字嘛当然有啦！什么速水庄吉、绵贯清二，还有……还有叫佐川春泥的。”

听对方这么一说，影男啪地立即闪开，摆出防备的架势。

“那，是你要杀的男子吗？”

“是的，这一次的被杀人应该是你！”

话音刚落，须原正已经从衣袋里掏出手枪瞄准了影男。

“住手！你只要杀了我，就会轰动整个日本！”

影男一边悄悄后退，一边大声警告对方。

“啊哈哈哈……你这人太愚蠢了！不知道自己就要被杀，居然还详细地告诉我杀你自己的方法。好了，快举起手来！”

就在这当儿，传来刺耳的尖叫声，仿佛天空被撕裂一般。与此同时，影男的身体扑通一声倒在地上。

须原正目不转睛地望着倒地的对方，手仍然握着枪。

影男丝毫没有再动弹，一发子弹似乎就让他断气了！

须原正拿着手电走到尸体跟前，观察了一眼那张脸，不由得倒退一步，子弹好像命中了影男的脸部，鲜红的血遮住了整个脸。

他蹲在尸体边上伸手摸了一下胸部，心脏已经停止跳动。

为进一步确定影男是否已经死亡，他又用手指号着影男的脉搏，一点儿也没有动静。

“咳！这家伙太扫兴了！刚刚还是一肚子的坏水，怎么这么快就结束了生命。好吧，我接下来就按你说的，制作绝对不让任何人察觉谁是杀人凶手的密室现场。”

须原正没有马上处置尸体，而是快步来到主屋随后打了一个电话。接着，又找了一张草席再次返回树林。那是为了暂时隐匿尸体。

十分钟后，有一个男子朝主屋走来。他是杀人承包公司的合伙人，一直在附近等待须原正的电话。这家伙看上去四十岁左右，瘦高个，身上穿着工人服装。

须原正与那个男子说了一会儿，接着一起朝树林里走去，可能是为了正式实施制造密室杀人的第二现场。

解　　密

“啊，不好啦！我家主人被害了！”

须原正枪杀了影男的第二天，在京王列车芦花公园车站附近的警务站里，闯入一个惊慌失措的老人。老人古铜色的脸上布满皱纹，长着白色胡子，短小的西装里是件脏衬衫，瘦小干瘪的身材像个孩童。

“什么？被害了？说得慢一点儿，谁被害了？”警官一边上下打量老人一边问道。

“我家主人是专门写小说的作家，叫佐川春泥，家住鸟山町。我是长期受雇于他的用人，叫谷口，主人古里古怪，在树林里建造了一个砖结构的书房。从前天起，主人开始工作后就没有出来过。

“主人平时一般不外出，专心于工作，常常不吃饭。因此，我昨天也就没当一回事。可到了今天早晨，见他还是没出来，感觉有点儿奇怪。

“于是搬来梯子爬到书房后面的窗台上朝里张望，没想到主人倒在地毯上，并且是趴在地上的，整个脸都是血，全身一动不动的。

“我立即下了梯子打算开门进去，不料，门内侧上了门闩，那扇门十分结实。想撞开它，凭我这么点儿力气是不可能的。整个房间也只有一扇窗户，其外侧还有铁栅栏防盗网，我无可奈何，请你们火速派人去现场。”

警官立即打电话向警署报告，随即与老人赶到现场。

不一会儿，中村警长带着几名刑事侦查警官从警视厅赶来。

经过现场勘查，情况与老人说的基本相符，唯一的窗外侧装有铁栅栏防盗网。门内侧，被插上了门闩。

警官们沿着老人事先架在那里的木梯爬上去窥视房间，果然有一个男子趴在地上。从窗那里看到的门背中间，是一根很宽的粗铁栓。看上去，就是有备用钥匙也打不开。

比较起来，最好是卸下窗上的防盗网进入房间。可进行了一番调查后，觉得防盗网也非常结实难以拆除。

警官们用肩膀朝防盗网撞了几下，防盗网似乎难以撼动。

“看模样，这儿好像是新建不久的书房吧？”中村警长问老人。

“是的。从开始使用到现在，也只不过三四天。”

“你说你受雇于主人很长时间了？”

“是的，已经有十多年了。”

“主人的职业呢？”

“那情况我不是很清楚，但他是一个有钱人，过着非常奢侈的生活，也时常伏案疾书。为此，他建造了这么一个书房。”

“嗯，你家主人好像是一个精神相当异常的人物！从这幢建筑来看，给人一种怪异感觉。瞧，里面黑漆漆的，门背还装有这么一个大铁门闩。到底防备什么？我猜想，这书房里好像放有什么贵重的东西。”

“我也不是知道得很清楚，但不可能有什么贵重物品。要说在门后安装这样的铁门闩，也不是防止盗窃，而是我家主人在写作时，最讨厌别人进书房打扰。为此，他似乎觉得锁不能解决问题，干脆让人打造这么一个铁门闩。我不知道主人还有其他什么用意，但他好像有许多敌人。那种情况我曾经听说过，敌人多了，必须小心谨慎等等的话。”

警官喊来一个木工，让他把门打开。木工使用大木槌将门砸坏，于是，中村警长率先冲入室内。

被害人被手枪子弹击中面部死亡，警官们对室内进行搜查。

门内侧，不仅被插上了门闩，还加了一道大铁门闩，钥匙放在桌上。窗外侧的铁栅栏防盗网深深地嵌入混凝土里，丝毫没有异常。铁栅栏防盗网内侧是玻璃窗，也上了插销。

砖墙很厚，室内四周的墙涂有一层水泥，下半部分装有护墙板。天花板上和地上没有丝毫值得怀疑的暗道出入口。可以这么说，是一个完全的密室。

玻璃窗内外，被技术警官拍摄了好几张照片。法医警官检查了被害者尸体，随后将被害人尸体抬到主屋。

被害人是被枪弹击中的，身体上没有发现被钝器击打过的伤痕。不用说，绝对没有子弹从窗外射入的可能性。只能断定被害人是在室内被击中的，可凶手行凶后又是从哪里逃离房间的呢？

中村警长想出多种密室的形式及其特点，与本起密室凶杀案相比较，但这幢建筑物里，用曾经侦破密室凶杀案的方法是根本不可能的。

这时，调查房门的警官诧异地嚷道："啊，这是一扇特别制作的门，内侧的锁孔与外侧的锁孔不是一个孔眼，也不贯穿房门，锁的前面部分是塞住的。警长，这种情况太少见了！一定是担心别人用备用钥匙从外面开门，或许害怕别人从外侧通过锁孔窥视室内。总之，这肯定是木工按照主人设计而定做的。门的上下左右与门框之间非常严密，几乎一丝间隙也没有。"

大家相互望着对方。

"这样吧，暂时先把被害人送到医院！"

中村警长经过一番思考，还是解不开这个密室之谜，于是，吩咐部下将尸体搬上运尸车，打算通过尸体解剖寻找答案。

尸体被运走后，警官们集中在院子里。这时候，有一个男子径直朝院子里走来。这男子外表像绅士，鼻梁上架着一副眼镜，嘴上留着小胡子，年龄在三十五六岁。

“你是谁？这儿非常忙乱，刚发生一起重大案件。”

一名警官上前朝青年绅士解释，以为来访者可能是被害人生前的朋友，还不知道朋友已经遇难。

“我叫松下东作，就居住在附近，职业是律师。刚才，一个经常上我家的木工告诉我发生了这起事件。就是用大木槌砸门的那个木工。我听说是密室杀人，所以赶来说一些我的想法，仅供参考，但我和这里的人既不相识也没有其他关系。”

警官将这一情况报告给了中村警长。

来访者是绅士，听他说说也许能作为有价值的参考。中村警长想到这里，朝松下东作身边走去。

“你想提供什么情况？”

大家聚集在两个人的周围。那个叫谷口的老人，也饶有兴趣地站在人群里竖起耳朵。

“我平日里一直在研究密室犯罪是如何进行的。这起案件似乎也是在密室，并且是完全的密室杀人。很久以前有过类似案件，好像在美国。凶手行凶后，既不是从门口逃走，也不是从窗户逃走，而是选择了天花板。也就是说，凶手是从屋顶上逃之夭夭的。凶手启用千斤顶抬起房梁，从间隙钻出，再将千斤顶降下房梁复原后逃走。”

听他这么一说，中村警长忍不住插话：“你说的情况不可能发生，因为这幢建筑的屋顶是水泥，非常坚固。”

松下东作不动声色。

“明白了。我没有说该案中的凶手是从屋顶进去，只是举一个例子而已。说到屋顶作案，在日本也曾经有罪犯使用过。五六年前，山形县那里，有一个罪犯用绳索吊起屋顶。

“可四五年前，一个美国人想出了更出人意料的密室杀人方法。在野地里杀人，只用了一个晚上在杀人现场建造了一幢房屋，门和窗都是从内侧插上保险闩和插销的，再装上板墙。也就是说，罪犯是从板墙进出作案现场的。

“不用说，谁也不会想到杀人后在现场建房。只有这样做，才称得上完全的密室杀人。怎么样，我说的这些能供你们参考吗？”

这时候，谷口老人离开人群不知打算到哪里去。松下东作见状，立刻喊道：“这位老人，你是这家里的人吗？请等一下，我有话要对你说，请听我说一会儿好吗？”

老人笑了，但表情很尴尬，回到原来位置。

律师继续说道：

“我打听过了，有人说这幢房子是最近造的。各位先生，大家都会这么考虑，杀人是在房屋建成后进行的。房屋不完工，人是无法入住的。

“可是，大家如果反过来思考，结果是怎样呢？所谓圈套，是巧妙地利用我们人类常识上的盲点。这起凶杀案，是在这幢房子快要竣工的时候发生的。要制造圈套，必须利用盲点。

“我并没有见过这一过程，具体细节说不上来。但如果说说原理，这幢房子是在墙还没有完全建成之前，先完成了门和窗，而且是在内侧将门窗锁上。

“但墙上预先留有可供人出入的洞口。凶手就是从那样的洞口逃出书房的，而后用砖将洞口补上。怎么样？这是我的一个想法。

“事实上，还有其他更简单的想法。事先留一个泥瓦匠，杀人之后让他砌墙。

“如何工作？是将铁栅栏防盗网嵌入外侧的窗台上。凶手在铁栅栏防盗网嵌入前将人杀死，而后从窗口逃出。当时，玻璃窗内侧还没有上插销。

“凶手十分担心泥瓦匠看见尸体，在逃出房间前用床单之类的大块布盖住尸体，再用细绳系住大白布的端部，将细绳的另一头系在窗下手能触及的地方。

“接着，从窗口钻出后关上玻璃窗，让泥瓦匠将铁栅栏防盗网嵌入墙内。听说，铁栅栏防盗网的铁管是一根根埋入水泥里的。像这样的工作，通常由泥瓦匠担任……

“泥瓦匠在完成把铁管埋入水泥的工作离开后，凶手便将手伸入防盗网，推开玻璃窗，再将手伸入窗内朝下拽住细绳，拉出床单。

“接着，将插销栓提起稍稍安在固定件上，慢慢关上窗户，并在外侧轻轻敲打一下窗玻璃，于是，插销受到震动落入插销孔。

“水泥里如果拌有干燥剂，一天就可干燥。因此，两三天后向警方报案的话，建筑物还是崭新的。

“究竟哪一部分是最后完工的，根本就无法区别。像这样的密室杀人，大概没有不合理的部分吧？

“接下来还有一个例子。刚才说的是室内杀人后，凶手由内朝外逃出的密室杀人。但还可以反过来考虑，先在外面杀人，而后将尸体从窗户搬到室内伪造密室。

“我所提供的，就是上述密室杀人的形式。各位先生，百忙中打扰你们，实在对不起。”

松下律师恭恭敬敬地行了一个礼，从目瞪口呆的人群里钻出，朝大门那里走去。一走出大门，只见十米左右的前面，那个谷口老人在小跑似地走着。

松下律师快速追上前去。

“你果然想溜之大吉。”老人惊愕地转过脸来。

“什么，你是刚才演说的那位……”

“你想装聋作哑那可是过不了关的哟！其实，你绞尽脑汁，费尽心机设计的圈套，已经真相大白！”

“你，你在说什么？”老人神色木然。

“哈哈哈……还真会演戏！实话告诉你，刚才那具尸体是假的，你的阴谋就要在医院被识破了。”

松下律师说话，突然变得粗声粗气起来。

“什么？假的？阴谋？你要说什么？”老人似乎真吃惊了。

“喂，你能否把假胡子摘下来？”

松下律师说完猛地扑向老人，伸手抓住他嘴上的白胡子。假胡子被拽下后，露出的真相出人意料，居然是须原正一副哭丧的脸。

“须原君，你的幻想完全成了泡影。”

然而，须原正还是不清楚这个松下律师到底是何人。

“你，你到底是谁？”

“哼，还不明白！你就当我的脸上没有眼镜和胡子，请仔细看好了哟！嘿嘿嘿……”

逃　窜

“还不明白吗？是我哟！”

松下律师说完摘下眼镜，又一把扯下嘴上的假胡子。

“什么，你是佐川春泥？你到底是怎么回事？”

须原正大吃一惊，茫然不知所措，两只呆滞的眼睛紧盯着对方。

“我们还是找一个地方说吧！你还有钱没有给我呢！”

扮作佐川春泥的影男说完走入神社的树林里。

不一会儿，两个人面对面地坐在大小与屁股差不多的树墩上。

“咳，太遗憾了，竟然不知道是你，又被你巧妙地骗了一回。”须原正不可思议地说。

“我和你都持有相同的二十五毫米口径的手枪，在东京湾上相互交换看的时候，确认我俩的手枪完全相同。于是，我趁你不注意之际将你口袋里的枪换成了我的枪。”

“什么，你换了我的枪？我怎么一点儿都没有察觉！你简直是一个魔术师！”

“哈哈哈，对于我这样的人来说，魔术是最重要的技术！由于换成了我的手枪，你射出的第一发子弹仅仅是空壳！而我挨了一枪就装死，也多亏我那样做。因为，枪膛里剩下的子弹可都是真家伙。不用说，你没有想到第一发子弹居然是空壳。”

“你简直胆大包天！如果我连射两发，你怎么办？”

“我想，凶手最忌讳的便是弄出响声，尤其是枪声。如果能一发子弹将对方打死，那他绝不会射出第二发子弹。我其实早就察觉到你打算杀我，为此，事先准备了演戏用的粘血等待那一时刻。我一边倒地，一边迅速将血涂在脸上。”

“请停一下！我曾触摸过你的心脏号过你的脉搏，当时都没有动静。”

“那也是魔术。”

“什么，你可以让心脏停止跳动？”

“要让心脏停止跳动是困难的。不过，我在衬衣内的心脏部位贴了一大块酷似胸部的塑料板。这么一来，你再怎样用手触摸也不会有跳动的感觉。脉搏也是一样，我采用了古时候的魔术，在腕下夹一个比乒乓球小一点儿的硬橡胶球，让它靠在手臂内侧紧紧按住动脉。于是，手臂前面的脉搏就消失了。”

“没想到你这般狡猾。在我去主屋打电话的时候，难道你真的用一具别的尸体顶替了自己？”

“是啊。不事先识破你的诡计，我就不好办了哟！我是从某医科大学实验用的尸体里，找到一具酷似自己的尸体，事先搬到附近藏起来。我还在尸体脸上划了一道伤口并抹上粘血。”

须原正的脸上此时露出技高对方一筹的得意表情。

“可我还没有败给你哟！道高一尺魔高一丈，我也许还有最终制服你的王牌！”

须原正发出奇妙的笑声。

影男见状不由自主地将手伸入口袋，可没有摸着手枪。他欲站起身来，冷不防从背后伸来一只铁钳般的手。树背后，一直埋伏着另一个敌人。

如果是须原正一个人，要不了几下就可拿下他。可这男子的臂力强壮得像摔跤运动员。影男使出全身力气与他格斗，终因对手是两个人，结果被对方制服绑了起来。

“哈哈哈……你绝不会想到我在树林里设下了埋伏吧？如此麻痹大意，好像不该出现在你的身上。”须原正幸灾乐祸地挖苦对方。

另一个男子，就是上次帮助须原正诱骗川波美良子和筱田的司机斋木。

“好了，快把他带到车上去！”须原正吩咐道。他和斋木抱起影男，一个抬头一个抬脚朝着树林深处走去。钻出神社边上的竹篱笆围墙洞口来到路上，那里有一辆轿车。

影男被按在后排座位上，须原正则坐在他的旁边监视。

轿车慢慢地驶离路边出发了。

斋木司机一边驾驶一边对后排座位上的须原正说：“头儿，说实在的，我真有点儿担心！一个我们难以对付的大敌出现了。”

“你说什么大敌？”须原正惊讶地盯着司机的脸。

“不担心被他听见吗？”

“没关系！他已经是瓮中之鳖，再过一会儿就要让他从这个世界上消失，即便他听了也等于白听。”

须原正胸有成竹地扫视了影男一眼。

“我担心的是这么一回事，那个叫明智小五郎的大侦探，已经察觉到我们干的这个行当。”

“什么？明智小五郎？”

“嗯，来这之前我在六本木事务所里，也就是须原君你刚出门不久，我接到一个奇怪电话。打电话的人没报姓名，只是说，明智小五郎已经注意到你们了，要千万注意！这也许是嘲弄我们，可我们还是要当一回事，千万不可莽撞。回六本木的时候，我们最好在事务所附近仔细查看后再进去。”

“哦，是这么回事！你说的如果是真的，那倒是让我着实担心的事。明智小五郎一出现，我们可就遇上难以对付的麻烦了。这家伙背后有警视厅撑腰，我们可要把它的出现当作头等大事，赶紧商定对策。那，另外两个合伙人知道这一情况了吗？”

“我已经用暗号通知他们了。现在，估计已经转移到安全地带了。”

须原正把两条手臂紧紧交叉在胸前，没有吱声。

司机斋木望着正前方小心翼翼地驾驶轿车，一脸担心的表情，也没有吭声。

“好，就在这里停车！你下车去看一下事务所周围的动静。”一来到六本木街头，须原正命令司机道。

司机斋木停车后打开车门下车，片刻后匆匆回来，脸上是惊慌失色的神情。

“不行，事务所背后有五六个便衣，可能是刑事侦查警官，那模样确实像在等我们钻口袋。”

“那好，我们到品川事务所去。”

轿车又飞驰起来。

品川那里也有这家杀人承包公司的事务所。所谓事务所，从某种意义上说，是他们隐藏的窝点。须原正一伙在好多地方拥有隐藏的窝点，不然的话，难以生存到今天。

不一会儿，车驶到品川的御殿山附近。须原正又让司机斋木停车去事务所周围侦查，可没过多久，斋木又慌慌张张地跑回来了。

“不行，这里的事务所也被警方监控了。须原君，接下来去哪里？”

“去尾久！”

须原正吐出这几个字后不再说话，神色变得急躁起来。

从品川到尾久有相当距离。当车即将开到尾久的时候，太阳开始徐徐下山，周围笼罩着一片暮色。

令须原正惊愕的是，尾久事务所也被布控了。他脸上的表情越来越烦躁，仿佛是被逼得走投无路的困兽。

接着，车又连续去了另三家事务所附近，斋木司机也都一一去了事务所周围查看。糟糕的是，都遭到布控了。

看来，不只是明智小五郎在寻找我们的行踪，警察肯定也已出动。

须原正做出这样的判断。

怎么办？他命令司机斋木将车停在世田谷区的一条路上，陷入沉思。

眼下，警方可能已经在通往外省的各条要道设卡盘查，也许还贴有通缉令。在这种非常情况下欲逃出东京，无疑一路上充满了危险。可是……这里也不是长时间可以待的地方。

凡东京都内的道路，随时会受到巡逻警察的检查。眼下，最好是隐蔽在什么秘密地方，而且越快越好。

须原正不停地思索，全身丝毫没有动弹，也许心急如焚过了头，脑子像榆木疙瘩，一点儿没辙。

他终于觉得自己到了山穷水尽的地步，在这种无计可施的时候，真希望能遇上一个高人，从那里得到金蝉脱壳的锦囊妙计。

他突然想到躺在身边座位上的影男，连忙敲打他的肩膀说："喂，目前的情况你全偷听了吧？我如果被抓，不用说，你也会跟我一样被兴师问罪。你不但帮助过我们公司，本身还犯有许多罪行，一旦被抓住，也同样完蛋。因此，你赶紧告诉我最保险的隐蔽场所。如果你愿意说，我就取出你嘴里的布团，怎么样？"

影男明白了须原正的意思，一个劲儿地点头。

须原正高兴地笑了，赶紧从影男嘴里取出布团。

“我们还能恢复原来的友好关系吗？”

影男刚能开口说话，立刻毫不含糊地提出条件。

“嗯，无可奈何。我们之间的利害关系如果一致，那就暂时休战。目前，你我必须先保证自身安全。在这种时候，你一定要想出绝妙的主意了。这是为了你我，快把你的好办法说出来听听。”

“停战讲和，就这样随便说说的吗？你是反复无常讲话没有信用的人。现在我也不说这些了，你既然那么求我，就送一个好办法给你吧！我这个影男，不管遇上什么情况，也不管什么时候，从来不知道什么叫困难。”

现在，影男和须原正处在相反位置，因为须原正在求他，不得不一个劲儿地朝影男鞠躬行礼。

“拜托了，请一定要帮忙！现在这种危急关头，只有求助你的智慧了。”

“那好，快解开我身上的绳索。身体得不到自由，又怎么想出好办法！”

“好，帮你解开！可是，你不会出什么坏点子吧？你想背叛我逃走？”

“你要那么怀疑，就别解开我身上的绳索，好吗？又不是我求你的。”

“好，好，好，明白了，这就帮你解开！你要是不知好歹执意逃走，别怪我不客气，我将开枪送你回老家。枪就在这里，看见了吗？这一回绝不可能是空壳子弹吧？”

须原正掏出手枪在影男眼前晃了一下，开始为他解绳索。

影男使劲儿搓着终于获得自由的双手，隔着车窗看外面。

“这里是什么地方？”

“是下高井户附近。”司机回答说。

“去荻洼那里需要多少时间？”

“十五六分钟。”

“好，去荻洼。从荻洼驶上青梅公路后稍前一点儿的地方，如果发现公共电话亭就停下，我想打一个电话。”

车，飞也似的奔驰在公路上。

不一会儿，发现路边有一个公共电话亭。

影男被须原正用口袋里的枪顶着下了车，来到电话亭里。

“噢，太顺利了！我找到了一个绝妙的隐蔽场所，接下来，我让你看有趣的东西……”

影男走出电话亭笑嘻嘻地说道。

轿车由于有了行驶目标，像箭一般飞驰起来。越过国铁道口，一驶入青梅公路，影男便开始打起手势忽左忽右地指挥司机。

周围已经暮色浓浓，路灯犹如飘带朝车尾飞去。

不一会儿，轿车停在一幢大型别墅门前，周围是高高的水泥围墙。

也许是由于电话事先通知了别墅主人的缘故，车一停，铁门便无声地开了。于是，轿车犹如被巨型磁铁吸引似的驶入大门。紧接着，大门关上了。

人　树

三个人一下车，不知从哪里钻出一个身着黑色丝绒衣裤的男子，一溜烟地来到影男身边。

男子和影男悄悄地不知耳语了一些什么，而后男子走在头里带路。

一来到后院，眼前出现一座大池塘，被黑夜笼罩的水面静悄悄的，周围是茂密的树林。

在一身黑衣男子的指引下，三个人来到池塘边停住脚步。

“到这么个奇怪的地方，你究竟想干什么？”须原正心里忐忑不安起来，把嘴凑到影男的耳边轻声问道。

“我们一起隐藏在这座池塘里。”影男嘿嘿笑着，话里有话地答道。

“什么？去池塘里面？”

“嗯，是的，潜入水里！嘿嘿嘿……可你不必担心。不是这样直接涉水进去，而是采用非常绝妙的方法进入池塘。你马上就会知道是怎么回事。好了，别说话，仔细地看好了！”

大家都不说话了。这一带只有这幢宽敞的别墅，显得特别寂静，院子就像树林里那么昏暗，四周万籁俱寂。

突然，黑色的池塘表面荡起了涟漪。三个人凝神注视，只见水面晃动的地方出现了一根铁管模样的东西。

铁管端部像旱烟袋头部那么弯曲，这是潜水望远镜。那铁管模样的东西伸长两米左右，刹那间，池塘里的水晃动得更剧烈了。紧接着，直径两米的黑色圆筒嗖地扬起巨大的脑袋。

少顷，圆筒形的铁管不再动弹，而是盖子向上打开。接着，从里面伸出一座铁梯向岸边延伸，架在岸上。

“好，请！”身着黑丝绒衣裤的男子轻声地说完，走在前面，沿着铁梯消失在圆筒里。

“快进去吧！这里是另一个世界的入口！到了另一个世界，就与现在这个世界断绝了任何关系。那里是绝对安全的地带。快，跟着我进去。”影男对须原正和司机说完，敏捷地沿着铁梯下到圆筒深处。他俩紧随其后。

圆筒内侧装有直立型铁梯，一直向下延伸。三个人沿着铁梯下到深处，圆筒开始下降，像电梯下降似的。三个人在刚才那个身着黑丝绒衣裤的男子带领下，沿着地底下的洞窟朝纵深处走去。

片刻，男子邀请三个人来到岩洞形状的小房间里。这小房间，影男曾经来过。

“欢迎光临！我接到电话后，在这里等候你们多时了。”

房间里坐着一个小胡子绅士，大腹便便，正笑嘻嘻地迎接来客。

“我想让两位见识见识这里的极乐世界！”影男把须原正和斋木介绍给小胡子绅士。

“我们驾驶的那辆车怎么办？请把它开到车库里去，不要让人看见。”影男侧过脸朝穿一身黑丝绒的男子说。

穿一身黑色丝绒的男子点点头，行礼后走了。

“我先支付观赏费用，上次也是在这里支付的。”

“是的，是那样的。”小胡子搓着手答道。

“这是我的支票，你已经熟悉了吧？是有信用的支票。”

“是的。我们这里谁都知道你收入很高。”

“现在，可以带我们到里面去吗？”

“请，请。接下来，我有一个情况得事先向你们说明一下。这回，与上次您来时候的情况发生了翻天覆地的变化！你上次目睹了大海，可这一回是让你欣赏树林。还有，第二世界也有了大的变化，制作了荒凉的世界尽头。在树林里徘徊的过程中，可以来到大自然和那个国度。好了，请各位沿着通道往深处走吧！与上次一样，向导已经在规定位置恭候。”

小胡子把他们送到房门外的走廊上，接着，三个人沿着隧道般的洞窟朝里走去。走了片刻，洞内深处出现了一个白色东西，与上次一样，是身着白色服装的美女。

在美女的带领下，三个人来到岩石房间里的温泉池边替换服装。斋木司机说他不喜欢温泉，只是替换了规定服装。他们穿上的服装与影男上次来时穿的一样，是黑色丝绒紧身衣裤。

接着，三个人又一起沿着昏暗的洞窟不停地朝里走去。

隧道渐渐变得越来越窄，一到洞底，正前方那块大岩石“嗖”地朝旁边移开，出现了一条不规则的通道。

一走进这条通道，便是陡峭的石台阶。爬完石台阶，那里有一个不可思议的国度。

三个人来到那里，那里却是无边无垠的大树林中央。

可这片树林是地上不可能见到的奇怪树林，那些大树也是植物学家迄今为止不曾见到过的怪异大树。

到处是树干要两个人张开臂膀才能围成一圈的大树，胖乎乎的，摇摇晃晃地伫立着。宽大的棕榈树叶遮挡着天空和光线，十分茂密。

三个人战战兢兢地走到最近的一棵大树边上，原来，大树是人体组合而成的。人体中间，能竖有一根结实的木棍？棍子顶端，可能是棕榈树叶模样的大叶片朝周围伸展？从棍子顶端到底部，好像许多人体相互重叠依偎在上面。

异　变

这些人穿着紧身衣裤，相互紧紧重叠在一起，没有一丝间隙，构成一根根带有奇异曲线的柱子。

到处是手臂和腿形成的树林，美女瀑布般的长发像葛和藤缠绕着树。

远远望去，由人体重叠组成的大树不计其数，向着远处延伸。

小胡子曾经说过，这地下住有一百多号人。如果真有一百多人，也不可能构成这么庞大的人体树林。

这里，肯定有魔术。

影男目不转睛地望着这片奇怪的白色人体树林，视线穿过树林间隙朝最远的树林眺望。人体树越远越小，可都在慢悠悠地晃动。

不是画！如果是画，怎么会动呢？

影男此刻感到仿佛在梦中。

三个人竟然忘记了说话，沉醉地在树林间徘徊。

“咦，你瞧！有一个身着黑色丝绒紧身衣裤的游客在向我们走来！”须原正来到地下参观，还是第一次开口说话。

果然，对面树林里有黑色人影在晃动，也是三个人。

“瞧！那边也有人！”顺着他的手指望去，那里也出现了三个人。

“瞧！后面也有人朝我们走来！”

循声朝司机指的方向望去，果然，后边的树荫下也有三个人。

三个人转着圈子眺望四周，周围有无数若隐若现的黑影。最远、最模糊的地方，也出现了很小的黑影。

到底怎么啦？也许是幻觉？

三个人害怕起来。

“啊哈哈哈……”

就在这时候，影男突然神经质地大笑起来。于是，须原正和斋木司机惊愕地转过脸来望着他。

“哦，明白了！那是魔术！是镜子产生的效果！瞧，四面都装有镜子。不，不是四面，而是八面，八角形的房间里装有八面镜子。

“真正的人体树木就只有十棵左右，其余都是镜子反射的效果。映照在八面镜子里，八面镜子再相互反射，便产生了人体树不计其数的效果。

“身着黑丝绒服装的游客，也是镜子反射再反射所致。其实，这里真正的游客就我们三个人。店主采用八面镜子相互反射的原理，制作了这样有无限游客的场面。

“如果在地面上使用这样的魔术，我马上就会识破它。可一来到这地下洞窟，加上照明灯的巧妙配合，使我也不知不觉地产生了错觉。”

这时，不知从哪里传来鼓声，震耳欲聋的声音穿过树与树的间隙。

三个人吃惊地停住脚步，相互望了望，鼓声忽地停了，紧接着传出优雅的弦乐。与此同时，响起大型合唱团洪亮、美妙、悦耳的歌声……

那些相互重叠组成的人体树木，在异口同声地大合唱。

洞窟里回荡的歌声飞向八面镜子，从而产生不可思议的共鸣效果。让人觉得一望无际的大森林在歌唱，树木似乎在随着歌声翩翩起舞。

三个人听得出了神，被气势宏大的歌声陶醉了。少顷，不知是谁先开始跟着节拍跳起了舞。于是，大家一起跳了起来。

此时此刻，他们把杀人承包公司的事和专门窃取名人隐私的事都抛到了九霄云外，一边跳舞一边沉浸在梦幻般的喜悦之中。

大合唱的歌声时高时低，此起彼伏，没有间断。

“咦，那是什么？”

突然，发现周围树林里龟缩着一个黑色东西。

影男第一个大声说完赶紧停住舞步，紧接着须原正也不跳了。

“可能又是什么地底下的魔术开始了？”

“我们的目光也好像醉得模糊起来，镜子里的影子变成三到四倍那么多，真不可思议。我刚才举手，可不举手的比举手的要多许多。那些不举手的，不是我的影子，是别人的影子。”

两个人边说边举起手踩动脚步，可晃动手脚的只是全部黑影的一部分。新的黑影不是一两个，好像是五个、十个或者更多。这些人从前后左右，紧紧地连在一起朝他们三个人走来。

好像是警察为了逮捕凶手形成的包围圈，并且，包围圈似乎越来越小。

两个人吓得身体僵硬起来，如同不会动弹的雕塑。

这不是魔术！是异变！绝不是区区小事。

危险的预感，占据了他俩的脑海。

音乐达到了最高潮，人体树林跟着剧烈晃动，歌声像爆炸声，震得耳膜发胀、发痛。

忽然，歌声停了，人体树林的晃动也随之停了。

这时，传来非同寻常的刺耳声响。

枪声！是子弹飞出枪膛的声音！刹那间，只有耳边还留着刚才兴奋的余音。

影男和须原正瞪大两眼，打量从四面八方紧逼而来的新的黑影。个个手上不都握着手枪吗？

“举起手来！”

走在最前面的一个大声喝道，划破了死一般的寂静。

影男和须原正老老实实地举起双手。

他俩都蒙了，不知道眼前究竟发生了什么变化，呆呆地望着前方。

“哎，听好了！杀人承包公司的须原正、外号影男的速水庄吉，你俩被捕了。”

这是与周围气氛不相协调的警官的叫喊声。

地上的警官，怎么会出现在地下世界？这世界，与警官他们的地上世界截然不同！按理说，他们是不可能进入这个奇异世界的。

“你，你们到底是什么人？”

“我是警视厅刑事侦查一科警长中村，左手上拿的是逮捕令。”

自称中村警长的男子说完，将逮捕令递到他俩跟前。

那确实是警视厅的逮捕令。

咦，这到底是怎么啦？难道是那个小胡子向警方告密？可他也是罪人，不可能不懂投鼠忌器的道理呀！

他最害怕的，理应也是地上世界的警察呀！不，不会是他！

那么，警方到底是怎么知道我们在这里的呢？

影男的脑子里在迅速琢磨。

“喂，须原君，你那个司机到哪里去了？怎么不见了？”

影男忽然明白了，恶狠狠地望着须原正。

“嗯，我也刚才察觉。喂，斋木，斋木君，你在哪里？”

喊声刚落，司机斋木分开人群，从他俩身后出现了，脸上丝毫没有吃惊的表情，反倒是笑眯眯的。

“现在是你俩认输的时候了。”斋木若无其事地说。

须原正惊叫着，瞪大眼睛紧盯着对方的脸。

突　　围

“喂，斋木君，你怎么啦？是不是还没有从刚才的梦幻中清醒过来？”须原正铁青着脸朝司机斋木咆哮般地吼道。

“嘿，说我没有从梦幻中醒来？那怎么可能！眼下，是你的大脑产生了错觉。”

司机斋木脸朝着他的上司须原正，说话的口气突然变得强硬起来，并且还朝旁边的刑事侦查警官们使了一下眼神，两名警官立即跑到须原正和影男跟前搜身。经查，两个人身上皆没带凶器。于是，司机斋木朝他俩走去。

“须原君，你一直以为我是斋木，这，我没说错吧？”

“什么？！那，你不是斋木君？”

被称为斋木的男子，猛地把手搭在脑袋上向上推，于是，外面那层假发掉了，可里面还有没经过梳理的头发。

影男见状顿时面如土色，大声嚷道：“啊！你是……”

“是的，我是明智小五郎！”

明智小五郎说完漫不经心地把双手捂在脸上。

当他的手离开脸上的时候，出现的是一张常在新闻媒体上见到的明智小五郎的脸。

少时，影男和须原正哑然失色。

少顷，须原正像缓过神来似的开口问道：“那么，你就是日本第一大侦探明智小五郎喽！我们真是有眼不识泰山，实在对不起。可不知你是什么时候改名为斋木的……虽然我听说过你是化装高手，可……”

“哈哈哈……我是在六本木毒气事件和泥墙小窗仓库事件发生前几天改名的。当然，是为了抓获你们才改名的。

“其实，那个斋木君和我确实有点儿相似，不是吗？我找到这条捷径后，将斋木软禁起来，而我则化装成他。从那以后，我便成了你忠实的部下，直到你被警方正式逮捕前还在为你打工呢！”明智小五郎笑着说。

“哈哈哈……真有趣！你跟着我唯唯诺诺，不用说，每次杀人时你总是充当帮手。还记得用瓦斯毒死筱田和川波美良子那起凶杀案吗？不是你把他俩诱骗到杀人现场的吗？他俩瓦斯中毒身亡后，又是你用砖和水泥封闭门窗的！拧开瓦斯龙头的不也是你吗？”

“所以说，你的误解已经太深了。”

“你，你说什么？”

“我拧开瓦斯龙头和砌墙时，那两个人已经不在房间里了。”

“那，那怎么可能。监视房门的是我，再说我一直没离开岗位，而房间也就那一个出入口。”

“是的，你确实是忠于职守监视着房门！可你忘了咱俩是轮流监视房门的。”

“轮流？”

“是呀，当我把他俩带到房间后，你从窥视窗讽刺挖苦他们好一会儿，而后你出门去迎接川波良斋。是这样吧？你走后监视他俩的任务，无疑落到了我的肩上。”

须原正目光呆滞地注视着明智小五郎的脸，气得连话也不会说了。

“那对于我来说是绝好的机会！我赶紧进房间把他俩放跑了。两个人翻越走廊窗户逃到院子里，沿着树荫小道来到后门。那里埋伏着我的部下，是为了接他俩转移的。”

“这不可能，你这是在乱说一气！我把川波君接到现场让他从窥视窗检查时，亲眼看到那两个死囚在房间里！如果他当时没看到筱田和美良子，不可能同意那么处置。”

“是的。我在那里摆下了迷魂阵，你不知道吧？我把裤子、裙子和两双鞋子用报纸包裹，事先藏在走廊上的小仓库里。”

“那天，我趁你不注意时把那纸包带入房间，让他们脱下自己的裤子、裙子和鞋子，换上我带去的。把他俩放走后，我把报纸制作成他俩的下半身，穿上他俩留下的裤子、裙子和鞋子。于是，两个假人制作成功了。我让两个假人的上半身靠在窥视窗下面的墙上，由于窗位置很高且小，只能看见两个假人的下半身。看到这种情景的川波良斋，一定以为他俩已绝望地靠着墙等待死亡的一瞬间。”

“畜生！我被你骗了！”

须原正在地毯上重重地跺了一脚，后悔极了。

影男一直饶有兴趣地看着他俩的表情，听着他俩的对话。当一听到筱田和川波美良子获救的消息，再看看须原正气急败坏的模样，忍不住扑哧笑了，那表情似乎在说，痛快。

明智小五郎和两个歹徒的周围，站满了从人体树木下来的人，聚精会神地听着他们之间的对话。

明智小五郎继续说：

“我设下的圈套，无一不是利用了你对司机斋木的信任。因为，你把他视为第一助手，对他绝对信任。如果没有这个前提，我化装技术再怎么高明也不能获得成功。你一定也同意我这个观点吧？

“为了更进一步增强你对斋木的信任，我事先埋伏在树林里袭击了这个有着速水庄吉、佐川春泥等多个假名的影男，使他成了你的阶下囚，也使你更相信我。然后，我驾车带着你俩转遍了你设在东京许多地方的窝点。

“我说那些窝点已经受到警方监视，这完全是我编造的谎话。然而你对我说的都深信不疑，因而也就不可能识破我设计的圈套。

“我为什么要这样做，或许你并不明白我真正的动机。陷入困境的你迫于苦无良策，最终会向这个冒名佐川春泥的影男求援。其实，我就是在等你走这一步棋。

“因为，我很想知道冒名佐川春泥的影男究竟会把我们带到哪里。果然，他把我们带到了这么一个有趣的场所。在这里，我又发现了奇怪的人。

“一个是杀人承包公司的经营者须原正，一个是专门窃取别人隐私敲诈钱财的影男，一个是在地底下构筑和经营立体全景画王国的怪人。真没料到，我这次跟踪不是一箭双雕，而是一石三鸟，收获太丰厚了。哈哈哈……”

明智小五郎在这里还是第一次发自内心地欢笑，愉快而又洪亮的笑声越过人们头顶飞向八面镜子产生了一种奇特的音响效果。

这时，默默无言站在一边的影男朝着明智小五郎问道：“明智先生，我有不明白的地方想问一下，你是采用了什么方法如此迅速地与警方取得了联系？还有，这地下世界你原来知道吗？”

“不知道。我是第一次来这里。要说跟警方迅速取得联系，我也使用了魔术。”

明智小五郎说这话时就像在与好朋友闲谈时的语调。

“你大概知道我有一个得力助手叫小林芳雄吧？我为你们驾驶的那辆车的行李厢里，埋伏着小林芳雄。他是在我和须原正抓住你之前，也就是在神社树林旁边上的车。

“一进入这幢别墅大门，小林芳雄便溜出行李厢，跑到附近公共电话亭与警视厅中村警长联系，告知这里的具体位置。中村警长急忙带部下驱车赶到这里埋伏，等待时机。

“在地下世界里，我彻底把这里治理了一下。刚才有一段时间我忽然消失，其实，我在门口完成了一项任务。

“为避免你俩察觉，我沿着来的路返回，在门口的事务所里抓住小胡子，让他交代了这里的情况。

“他说，地下世界里共有八个身着黑丝绒紧身衣裤的男子。我用电话把他们一一叫到事务所，用绳索将他们绑了起来。

“我命令小胡子把池塘里的圆筒浮出水面，把铁梯架到岸上，让十名警官迅速进入地下。

“有关你们的秘密，我是从山际良子那里得知的。她原是影男部下，现已改邪归正，她把掌握的情况一五一十地告诉了我。

“由于接受了秘密俱乐部主人春木夫人的委托，发生了在枯井里隐匿尸体的事件。

“由于接受须原正的委托，制造了泥潭杀人事件。

“我通过调查，还搜集了其他一些确凿证据。

“至于察觉有杀人承包公司，那是因为我们调查了多起失踪案后，发现大多数失踪者与一些富豪有牵连，几乎都是他们的眼中钉或是绊脚石。

“令我震惊的是，在深入侦查过程中，须原君的杀人承包公司居然渐渐浮出水面。而你俩的关系呢，时而是同伙，时而是对手。但杀人，则是你们的共同兴趣。

“于是，我制订了把你们一网打尽的计划。现在，我的计划终于实现了，可以说是大功告成。让我特别惊喜的是，还有意外收获，拔出萝卜带出泥，不仅擒获你俩，还抓获了我压根儿不清楚的制造地底魔镜的怪异者。”

在明智小五郎演说的过程中，影男和须原正一点儿一点儿地朝后移动脚步。

明智小五郎尽管看在眼里，却没把它当一回事，依然是若无其事的模样。

“明智君，这两个家伙企图逃跑。”

中村警长捣了一下明智小五郎的手臂。

就在这时候，两个人忽然撒开腿逃到人群里。

两个人推搡着分开人群，朝着墙壁那里的镜子靠近。此刻，警官手里的枪已经不起作用，如果开枪，势必伤及无辜。

八角形的镜屋里，顿时一片混乱。他俩在人群里又是打又是踢，许多人来不及躲闪先后倒在地上，呻吟声此起彼伏。他俩费了好大劲儿终于来到镜前，沿着镜面墙奔跑。

沿着这镜面墙转一圈，难道能找到另一个立体全景画世界的出入口？只要从出入口一进入那个世界，就一定能设法冲出警方包围圈。

两个人突然想起刚才小胡子解释的时候，好像说了还有一个出入口。于是，企盼这样的奇迹出现。

他俩沿着镜面墙一连转了四个弯，奔跑途中不时用手触摸着镜面。

“啊，在这里！”这时，影男大声嚷道。

镜子的一部分猛地晃动起来，出现了一个黑乎乎的洞口。

两个人赶紧连滚带爬地朝里面跑去，身后随即传来“吱”

暗门关上的响声。

两个人终于实现了进入另一个世界的愿望。那里与世隔绝，不再听得见围观人群的喧哗声和警方的脚步声，只是静得出奇。

末　日

影男和须原正在漆黑岩洞里朝前走了片刻，发现来到了另一个世界。

那里是深邃无底的裂缝，似乎裂缝的底部连接着地球的核心部位。

两侧高高耸立着陡峭的黑色岩山，岩山另一侧尽头连接着黑色的夜空，无数星星在竞相争艳地眨着美丽的眼睛。

“那是真正的天空吗？我想，这一带也许是很深很深的地底下吧？”

个头矮小的须原正，身体几乎缩成一团，被这意想不到的美丽景色深深吸引住了。

“不可能！这儿肯定还是洞窟。天花板多半是采用镜面制作的，由于镜面反射的原理，使得这片山谷深不可测。天上无数的星星也许是小灯泡吧？”影男喃喃自语，声音里充满了恐慌。

他俩蹲在黑暗里，仰望遥远的星空。刚才人声鼎沸的场面，仿佛在遥远的梦幻世界。

不知不觉地，天空渐渐地亮了，星光逐渐消失，岩石裂缝及其周围变成了紫色、橘色，最后变成艳丽的朱红色。

天色渐入拂晓，晨曦照射在断崖顶部，将那里高低不平光溜溜的岩石染成紫色和朱色相间的颜色。但是，日光怎么也照射不到谷底。

朱红色褪了，天空变成珍珠般的奶油色。不知什么时候，又从奶油色变成深蓝色，最后，变成没有一丝云彩的蔚蓝色天空。

此刻，传来轻微的风声，刹那间，从裂缝里升起奇怪的桃色云彩。彩云一边飘游一边从桃色转变成彩虹色，在空中飘荡。

“喂，不是云，是身着彩装的仙女！无数仙女手拉着手变成一大片云。”须原正轻声嘀咕。

“好像施展了魔术，这一大片彩云是悬挂在从上面垂下的绳索上。”

影男无论到哪里，都喜欢采用魔术原理解释。

湛蓝的苍穹变得漆黑一片，天空中央刚出现深红色斑点，转眼间蔓延到整个天空。少顷，天空出现气势宏大的褶皱，像舞台幕布那样朝下降落。

涟漪般红色的光，犹如布帘裹着仙女忽上忽下地飘荡。

“瞧，那是极光！正在朝山谷降落。瞧，它不正在朝着我们靠近吗？”

仙女般的云彩穿过极光缓缓下降，断崖岩石变成了黑影，唯仙女彩云在闪烁奶油色和桃色的光芒。

云在距离他俩头顶越来越近的时候，不知从哪里传来轻轻的音乐声。

令人心旷神怡的音乐，像风声，像溪流声。

他俩听入了神。与此同时，从谷底岩石裂缝里冒出一缕青烟。

烟升腾到地上朝四周蔓延。他俩蜷缩在地上，任凭烟雾遮没他俩的腰部，继而淹没他俩的胸部，直至最后蒙住了他俩的脸部。

啊，甜甜的香味，犹如浓烈的难以忘怀的故乡情。他俩像喝醉了酒的醉汉，沉浸在令人心荡神驰的香味之中。

不知不觉地，仙女般的彩云已经逼近他俩的眼睛上方，仿佛淡而美丽的衣裳随风轻轻舞起，形成奇怪的投影。

在他俩全身麻木的感觉里，唯仙女般的彩云最美也最难以忘怀。

云层越来越低，他俩仰望天空的姿势被迫后仰，整个身体倒在岩石上，脸上被彩云蒙住。猛然间，他俩同时失去了知觉。

“喂，有暗道可以逃出这地下世界吗？”中村警长把小胡子拉到跟前问。

“怎么可能！与外面连接的出入口只有池塘里的圆筒。”

全身被绑得严严实实的小胡子，用充满憎恨的语气答道。

明智小五郎和中村警长等警官从不可思议的树林里返回了入口附近的事务所。

那里变成了临时拘留所，几个持枪警官在看押小胡子和八个身着黑丝绒衣裤的男子。

“我也估计到这地下世界只有一个出入口，便故意让他们逃跑。中村君，我们只要守住这里，就不必担心这两个歹徒消失。”

明智小五郎转过脸来望着忧心忡忡的中村警长说。

“这个被称为世界尽头的特殊世界，不知会发生什么意外情况。”

“转动机械降下仙女彩云，用麻醉气体让他们昏睡。这里有多个奇奇怪怪的世界，要让游客产生美妙幻觉，必须让他们闭上眼睛，否则，无法展开无限遐想的翅膀。炮制者耗尽心血想出的天方夜谭就不可能实现。要达到炮制者预想的效果，还必须运用机械装置，不然的话，麻醉气体就无法喷出。”

明智小五郎说到这里沉默了一会儿，又开口说道：“好，小胡子，暂时解开你身上的绳索，快去操作机器！当然，我不会离开你半步。”

“是，我去开机器。不过，我在启动之前想问你一下，准备定我什么罪？我既没有杀人又没有盗窃，要说我做了什么坏事，顶多是无证经营地下娱乐世界……”

“嗯，如果真像你说的那样，可能定不了大罪。但是，你到底是不是还干了其他坏事，得经过一番调查后才能下结论，光凭交代是不能定性的。”

明智小五郎瞥了小胡子一眼。也许，他知道小胡子还干过走私、绑架等罪恶勾当。

解开绳索，小胡子在明智小五郎的监视下走进机械室。那里有许多大齿轮组合的机械，墙上装有许多开关的配电盘。

“瞧，这下面就是被称为世界尽头的特殊世界。”

小胡子边说边操纵机械。不一会儿，明智小五郎的眼睛下边出现了漆黑的岩石裂缝，酷似深邃的井底。须原正和影男正无精打采地躺在那里。

他俩的全身剧烈晃动起来。

“啊，地震！肯定是地震！”

影男急得想逃走，却使不出一丁点儿力气。

“救命！”

他声嘶力竭地叫喊，用力猛地睁开眼睛。

不是地震，是车在晃动。

眼前坐着三个身着制服的警官，中间的那个好像是曾在哪里见过的中村警长，三个警官腰间都佩着手枪。

哎哟！手腕有疼痛感。定睛一看，是铮亮的手铐。

坐在自己右边的，是垂头丧气的小个子须原正。

坐在自己左边的是肤色白净的小胡子绅士。

他俩和自己一样，手腕上都戴着手铐，耷拉着脑袋。

啊——这是押送他们的警车吧？

他终于明白了。

须原正歪着脑袋看着影男的脸无奈地笑了，影男也尴尬地笑了。

“你们好像总算明白了！你们是在谷底熟睡的时候被抬上警车的。”

中村警长说这番话时，脸上显得非常平静。

“我们现在是去警视厅吗？”

“是的。因为，你们的行为将受到法律制裁。”

车厢前面有铁栅栏小窗，小窗另一边是驾驶室。隔着小窗玻璃，能清楚看见身穿警官制服的司机背影。

此刻，警车已经来到警视厅红墙建筑前面的护城河边。

おわり